野男球隊

古永信 著

野男球隊
作者／古永信
總編輯／馬鎮梅
責任編輯／沈怡菁　吳蔚芹
美術設計／許智超
出版發行／突破出版社
香港沙田亞公角山路 33 號突破青年村
電話：2632 0000　傳真：2632 0388
電郵：breakthrough@breakthrough.org.hk
網址：http://www.breakthrough.org.hk
http://www.btproduct.com
承印／陽光印刷製本廠
2009 年 8 月初版 1 刷
2011 年 3 月初版 2 刷

Wild Basketball Team
by Koo Wing-shun
First Printing, First Edition, August 2009
Second Printing, First Edition, March 2011

ISBN 978-962-8996-63-6

本書採用環保油墨印刷

每一個
年輕人都應當
乘着夢想的
翅膀出航。

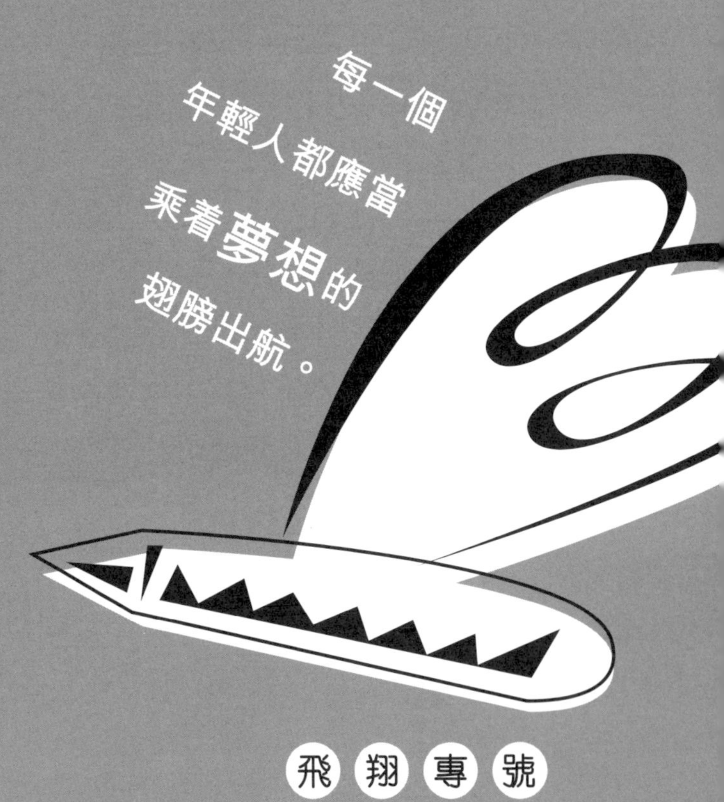

飛翔專號

目錄

Part 1 桃園結義

Part 2 恐怖特訓

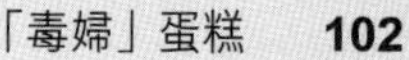

Part 3 殘酷真相

Part 4 最強戰術

Part 1

桃園結義

毒男愛籃球

根據非官方正式統計，籃球，在絕大多數學校中，乃最深受男女同學歡迎的運動。在籃球場上那專注的眼神、運球時緩疾有致的步法、上籃時靈巧的移動和優美的伸展，還有衝搶籃板球那份一夫當關的霸氣……一股原始的雄性魅力，隨着雙臂上閃爍的汗水，散射到球場每個角落。至於那一襲濃烈的汗氣，亦成為駐足圍觀的女同學，一份縈迴不散的情竇回憶……

「嘩……變態佬，你好臭呀！」課室內一名女生捂着鼻子，睥睨着身旁的男生道。

「對呀！ Psyche，我也替你難過。吳浩波每天 lunch 回來時，也像在『污水瀑布』下浸泡過般，又濕又臭，我還以為自己走進了堆填區呢！」坐在吳浩波後面座位的雪樺說。

「唏！你們不覺得我這樣很 sexy 嗎？」浩波一邊指着身上那濕透得若隱若現地透出肌肉的白襯衫，一邊將籃球滾到椅子下，笑得一臉蠱惑。

「救命呀！證明你真是一個變態佬！」Psyche 慘叫一聲：「怪不得沒有女生看上你！」這一句話，令浩波肆虐的笑容僵住了。

「還不止呢！時常打球但球技平平，進不了校隊還弄至留班，真搞笑。」聽到雪樺狠狠地向自己蹂了一腳，浩波僵硬的面容，更立時添上一層厚厚的土灰色。

Psyche 看見浩波似乎動了氣，連忙向雪樺使了個眼色，可是雪樺正說得起勁，根本沒有注意到，還搬出一副相士的口吻說：

「算了吧！這是你的『命』── 吳浩波，『唔好波』，根本從你申請出世紙的一刻，已經注定你一世是『唔好波』，哈哈哈……」

「你們只管盡情取笑吧！嘿！」浩波逕自咧嘴冷笑，突然站起來，椅子猛地撞向雪樺的桌子，然後大剌剌的步出課室。雪樺與 Psyche 面面相覷，呆了半晌後才齊聲驚呼：「我要消毒呀！他的臭汗濺到我身上呀！」

對於女生來說，運動的汗水，的確能散發少男熱血無限的魅力 ── 但從來只限於帥氣的籃球隊員。至於浩波為運動付出的汗水，極其量不過是人見人怕的 —— 毒水。

壯志未酬

吳浩波，16 歲，中三，曾於中一及中三留班，卻對人説是為了延長參加學界籃球賽的資格。可是過去四年每次參加校隊選拔，浩波都沒有得到教練黃 Sir 的垂青 ——

「吳浩波同學，你的傳球技術和走位配合，愈來愈爐火純青了。」黃 Sir 説。

「真的嗎？那麼你的意思是今年我終於有機會入選？」浩波兩眼發光，興奮得叫嚷起來。

「噢，對不起，我不是這個意思……」黃 Sir 隨即面露冷漠的表情，避免浩波有什麼遐想。

「為什麼？你不是説我的傳球和走位愈來愈好嗎？」汗珠隨着浩波激動的情緒，一滴一滴的，從髮鬢震落到衣領上，再化成無有。

「吳浩波，你先冷靜一點 —— 」黃 Sir 輕輕拍了拍他的肩膀説：「沒錯，你的傳球的確很到位，走位亦十分靈活，但是……你運球動作生硬得像手腳不協調的機械人，經常走步，而且射術實在太差，即使近在籃框之下也投不進——」

「唏！但我的三分球很準呢！」浩波打岔道。

「可是你每次總要花上足足三秒時間瞄準才能命中，難道你認為對手會閒着任由你瞄準而無動於衷嗎？」

浩波垂下頭沒説什麼話，可是雙腳仍「釘」在球場上，黃Sir看得出他似乎還未死心，終於狠心送上一句：「吳浩波，雖然你對籃球的熱誠的確令人感動，但我勸你別花太多時間打籃球了，你已經留級兩次了！我看你還是專心讀書吧……」

這句話，終於令浩波的雙腿動搖了，一步，一步，一步……拖着沉重的步伐，踏出根本不屬於他的球場——

「你這樣是歧視我嗎？我擅長搶籃板球，自然是擔任中鋒了！」忽爾響起的一聲咆哮，震懾了整個球場，浩波回頭一看，只見一個短小圓潤如街上垃圾桶的男生，正怒目瞪着籃球隊隊長韋峰。

韋峰一臉為難地説：「我不是歧視你，只是你的身高只及我的腋窩，試問怎能投考中鋒？」

「這還不算歧視嗎？誰説矮個子不可以打籃球？NBA曾經有個球星叫波古斯，他跟我一樣只有五呎三吋，一樣可以成功……」

「但人家擔任的是後衛，而你卻要打中鋒！怎可相提並論？」韋峰說。

矮個子一臉不屑：「嘿！若對手是你們，我想已綽綽有餘。」

「唉，好吧！我就跟你比試一下！」韋峰隨即朝向場邊的隊友喊道：「阿昌，你過來投射五球，但嘗試別要投進，看看這矮個子究竟搶到多少個籃板球。」

這場高矮籃板球之爭，頓時成為球場的焦點，不只吸引各同學注意，就連剛剛因五度落選籃球校隊而心情糟透的浩波，也駐足旁觀。

也許因籃球員的身材普遍高大，走起路來很少挺直腰板，總是顯得懶洋洋的，阿昌正是這樣。他燙了一頭微曲的短髮，一雙眼睛像剛睡醒般，拖着腿走過來。他俯身以指尖輕輕拍了拍地上的籃球，籃球便突然被賦予生命般，在阿昌的掌下「特特特特」的跳彈起來，然後他隨意施展了多記 crossover，更引起女同學連番的尖叫聲。

「阿昌，開始吧！」早已和矮個子站在籃框下的韋峰，刻意站直了身子。圍觀的同學看到矮個子站在比他高出超過一個頭顱、外貌和身形也出眾得多的韋峰身旁，猶如一枚烤番薯豎立在場中，令人忍俊不禁。

矮個子似乎沒注意到同學彆扭的神情，因為他的雙眼緊盯着籃球。當阿昌在三分線外投射第一球的一剎，全場莫不屏息靜氣，已站在爭搶籃板球有利位置的韋峰亦盯着籃球墜下的軌跡，突然，一團黑影在眾人眼前晃過，韋峰一瞟，發現矮個子竟走到距離籃框較遠的罰球線附近。還不及細想之際，籃球已「砰」的一聲重重擊向前框，並彈得老遠，居然正正是朝向矮個子飛過去——

「糟糕！」韋峰暗叫一聲，立時衝出籃底，希望憑藉身高手長的優勢，在半空摘下這記籃板球。此時背向着韋峰的矮個子急急後退了兩步，韋峰被他突如其來的後退一愣，在去路受阻下只好轉而高高躍起，並盡量將右手向上伸展試圖拈下籃球，籃球卻剛好在他指尖上略過了。矮個子趨前，在籃球彈地後即撿進懷中……

「什麼？這球也算是矮個子摘下籃板球嗎？」一名女生跟身旁的男同學竊竊私語。

「唔……算是吧，雖然看來十分兒戲……」男同學支吾地說。

「好球！好球！這球籃板搶得真好！」就在大家也不太相信自己的眼睛之際，浩波興奮得拍掌讚歎起來。矮個子得到似乎是場內惟一的支持者稱讚後，神氣地把球扔給阿昌。

由於第一球是在三分線外投射，所以擊中籃框後，反彈力自然較大，而且落點亦較難預測，反而減低了身材高大的韋峰在籃底下的優勢。在一眾女同學簇擁之下，阿昌明白到韋峰根本沒有落敗的餘地，於是他自覺地走到罰球線上，打算在較短的投籃距離下，讓皮球反彈後只會落在籃底附近，大大提高韋峰摘到籃板球的機會。

就在籃球飛向籃框之際，矮個子又有異動，可是這次他卻背靠着韋峰以身體擠過去。在籃球場上靠身體擠壓對手以爭取有利位置向來平常，但韋峰感到莫名其妙的，是感覺彷彿承受着一個被十號風球吹起的垃圾桶撞向自己身上，一時間擋不住，竟往後退了兩步而被逼離籃底下。韋峰勉強調整了步伐，希望及時在籃球下墜時爭搶籃板球。此時矮個子高舉雙手躍起，韋峰雖然嘗試從後伸手將皮球撥走，卻被那短粗的身軀完全阻截了……矮個子在半空截下了籃球後，在落地時將皮球牢牢地收回胸前，怒目瞪着韋峰，顯出中鋒的霸氣。

韋峰和阿昌的心情頓覺涼了半截，心想餘下的三記籃板球他都必須摘下，才能夠保住籃球隊的顏面 —— 在數十對眼睛的注視下，韋峰抖擻出猶如出戰學界籃球決賽的戰意，果然接連摘下兩記籃板球。

「嘩！2：2了！2：2了！韋峰這次不容有失呢……」隊友之間也看得掌心不斷冒汗，像等候着最終的裁決。

就在籃球離開阿昌雙手的一刻，矮個子和韋峰拚盡渾身的勁兒卡位，皮球撞到籃框後往老遠彈出去，矮個子率先往外衝搶，而韋峰亦不敢怠慢緊纏，並伸起雙手要搶截籃球，就在這場扭鬥的勝負快要揭曉之際，矮個子突然「劈啪」一聲被放倒在地上。在強烈籃球意識驅使下，韋峰先撿走這記籃板球，然後才走到矮個子的身旁殷切問道：

「你沒事吧？」

矮個子如中了獵人陷阱後，發出不甘心的咆哮：「你真陰險，竟然暗算我！」

「我？」韋峰流露出無辜兼莫名其妙的表情。

「哼！在我快要搶到籃板球的一刹，右腳被絆倒！肯定是你，因為明知搶不到這記籃板球，便用『茅招』來暗算我！」矮個子怒罵道。

就在韋峰被罵至語塞之際，黃 Sir 走過來解窘，他將矮個子扶起來，說：「這位同學，我想當中可能有點誤會，因為我見剛才是你的右腳很不幸踢到自己的左腳跟，這才絆倒……不過，你的表現委實不錯，你是……」

聽到黃 Sir 的讚賞，矮個子的憤怒立時消退，綻放出燦爛的笑容，露出兩排有點斜歪的牙齒道：「我叫陳仲強，黃 Sir，你這樣說是否代表我可以加入校隊？」

對於隨便出口的一句客套話，竟引起陳仲強的遐想，黃 Sir 顯得有點為難：「這個嘛……你的表現的確好，只是韋峰不過是後衛，即使你在籃板上贏了他，亦難以衡量你是否適合當中鋒。況且身高又……」

陳仲強冷笑道：「得！得！我明白，又是歧視我的身高！」

「不，不！不是這個意思。中鋒是一個極講求對抗性的位置，必須具備魁梧的體格，所以……」黃 Sir 連忙解說。

「唉……今年實在太多離奇人士來參加選拔，不只一個吳浩波，現在還添了另一個怪人……老實說，如果真的讓他們入選，肯定嚴重降低校隊的質素！」雪樺堅定地跟身旁的女同學說。

「哈哈……你所說『嚴重降低校隊質素』，究竟是指球技方面，還是隊員外觀上？」那女同學問道。

「這個還用說嗎？」雪樺報以詭異一笑。

桃園結義

「可惡！假惺惺，校隊的人根本只會歧視人家……」離開球場後，陳仲強憤憤不平地道。

「別失望！我投考了五年，還不是沒有一次被選上！話說回來，你剛才的表現很厲害，的確不簡單！」聽到背後有人搭訕，陳仲強轉過頭來，見到浩波，猛然記起選拔時聽到一聲喝采叫好，便問：「剛才是你拍掌鼓勵我嗎？」

「呵呵，是呀，因為你搶籃板的技術實在精彩，我忍不住喊叫起來。啊！我還未介紹自己，我叫吳浩波，讀中三 B 班，你叫我浩波好了。」

「噢，謝謝你！我叫陳仲強，叫我陳強吧！我讀中二的。

這支校隊太過分了，為什麼五呎三吋就不能擔任中鋒？根本就是歧視！」陳強愈說愈氣。

「沒法子，我們校隊在學校比賽中是奪標的熱門隊伍，對隊員的篩選自然格外嚴格。」浩波拍了拍陳強的肩膀。

「想入選籃球校隊，單是技術好是沒用的，最重要的還是擁有如漫畫主角般有型靚仔的外形……我勸你們還是死心吧！」聽到突然又有一把聲音批評自己的外貌，浩波和陳強心裏冒火，轉身怒目一瞪，一看，更為之氣結——

因為說出剛才一番話的，竟是一個膚色啞黑、蓬頭垢面的男生，像剛從煤礦走出來的奴工。浩波和陳強見一個較自己更不濟的人竟批評他們的外貌，又怎能嚥下這口氣？浩波咧嘴譏笑：「憑你這副外貌，大概也不可能得到校隊的垂青吧……」

「所以我才肯定，他們根本是以貌取人！」那位啞黑的同學不只沒有生氣，繼續說：「老實說，我對自己的突破能力向來充滿自信，選拔時就連黃 Sir 也稱讚我的『剷籃』能力好，但又砌詞說我防守意識薄弱、命中率低……統統都是廢話！說到底，他們就是嫌我不夠俊朗！」

「看得出，看得出！肯定是這樣！」浩波和陳強看着他的

臉真誠和應。

「總之他們實在太過分！不好好發泄一下實難泄我心頭之恨！」啞黑同學忿然說。

「唏！不如我們到桃園邨旁邊的球場打籃球吧！反正你也想找個機會發泄發泄。」浩波提議。

「好！就去打球吧！既然校隊不賞識我們，就讓其他人知道我們的厲害吧！」啞黑同學一股熱血直灌上腦頂，興奮得手舞足蹈。

桃園邨旁的籃球場雖然位置便利，但球場地面凹凸不平如山路，籃球架早已發霉，每次投球撞到籃板都掉下片片木屑……雖說是球場，卻猶如經歷過一場浩劫的野地，故此平時沒多少人來這裏打球。偏偏浩波就愛這兒人跡罕至，他平日在學校打球還不夠，晚飯後也會到這裏投投籃，比職業籃球員鍛煉得還要刻苦。

「嘩！這裏究竟算是球場，還是地盤？」啞黑同學呢喃道。

「哈哈，正因為如此荒涼，才少人到這兒打球。」浩波笑説。

「不打緊啦！最重要是有場地可以打球！」陳強將背包扔到一旁，奪過浩波手上的籃球，便以他的「極速」運球直衝籃底，微微躍起後，如自由女神像般托球，將身體盡情伸展——雖然他圓潤的肚子此時連闊身球衣也遮掩不住，坦露於人前，但無礙他整套正宗而優美的上籃動作。

「咦？你的籃球底子也不錯，只是運球的速度太慢了。」啞黑同學一派評論員的口吻。

「嘿！倒説得輕鬆，你來試試吧！」陳強將籃球扔給啞黑同學，並隨即架起一副防守的姿態。

「呵呵……那麼你要小心了！」啞黑同學先不斷作原地跨下運球，就在陳強開始眼花繚亂之際，他突然雙腿使勁一蹬，如一頭藏羚羊般運球直衝向籃下，陳強及時抖擻精神的迎向他。眼見啞黑同學已經逼近，陳強架起右手想撥走對方的籃球，但就在這一剎，疾走過來的啞黑同學突然鎖緊左腳腕，藉此為重心點 180 度一轉身，剛好背靠着陳強令他無從入手。啞黑同學立時又以右腳為重心轉 180 度，便擺脱了還未及喘定的陳強，他踏前奮力一躍，竟然幾乎從陳強的頭頂上跨過！就在跟籃框不過是咫尺之遙時，啞黑同學將皮球輕輕一送——

特——特——皮球在籃框上緩緩跳了兩下，便彈開了。

「可惡！又不進！老是欠運！」啞黑同學輕輕敲了自己的頭顱，顯得十分可惜。

浩波忘形地拍掌，道：「精彩！精彩！你們二人都很厲害呢！」

「對，雖然這球投不進，但你的運球速度和技術實在厲害！」陳強由衷地讚歎。

「哈哈……你們別如此客氣吧！」説罷，啞黑同學把籃球扔給仍站在場外的浩波：「別站着，一起來玩吧！」

「我的球技不及你們，走籃時總是雞手鴨腳，十分失禮。」只見浩波接過籃球，邊説邊仔細瞄準籃框，右手如彈簧般往前一甩，皮球便循着高高的拋物線，如裝置了導航系統般直貫入籃。

「嘩！距離這麼遠也投得進，究竟你的技術真的如此了得，還是剛巧走運？再來一球試試吧！」陳強再將皮球扔給浩波。浩波笑了笑，揚手示意他們退到一旁，彷彿告訴大家將有

好戲上演。陳強和啞黑同學自然也樂得走到一旁看戲。

只見浩波並沒有作出任何投籃姿勢，反而以一副在沙灘扔石塊的手法甩出籃球，皮球便朝籃球架平飛而去，而浩波亦隨即往底線疾走。正當陳強和啞黑同學為這古怪舉動摸不着頭腦之際，皮球已重重的打在籃球架的支柱上，並反彈出去……

「什麼？我不是眼花吧……怎可能會這樣？」啞黑同學看得目瞪口呆。

他見到，籃球竟然朝浩波反彈過去 —— 而剛好趕到底線前三分線外的浩波，及時接住了皮球，然後在瞄準四秒之後出手投籃，果然，再一次穩穩的穿過籃框。

「你是馬戲團成員嗎？怎可能以籃球架柱作傳球對象？簡直不可思議！」陳強咧出一記如看到煙花匯演的笑容。

「哎呀，你別說得這樣誇張吧！平日夜晚這裏沒有人，在沒有對手之下，我便以籃球架柱作傳球對象，每晚大概練習二百次吧！」浩波說。

「獨個兒跟籃球架柱練習二百次？似乎你的人生不只苦悶，而且也不多朋友呢！」啞黑同學樂呼呼地搶白道。

「……」

看到浩波的尷尬面容，還有陳強一雙責怪的眼神，啞黑同學的笑聲亦愈來愈蒼白，最後淪為一份不可收拾的沉默。

初試啼聲

「咦？有人呢……」一把聲音劃破了局促的沉默。

三人一看，原來是幾位同校的學生，正向球場走來。

「不打緊，一起玩吧！反正我們只有三人。」陳強心想，打球是化解這份尷尬的最好方法，便索性邀請那幾個男生一起打球。那幾位校友見到陳強所釋出的善意，都立刻將書包放到一旁，解掉領帶，便走進球場之內。

其中一人本着基本的禮儀，隨便打開話題：「你們第一次來這裏打球嗎？平日沒見過你們呢。」

「哦，我們是第一次來，但浩波每晚都會在這裏練習投籃，是他『介紹』我們來這裏的。」陳強瞟一瞟浩波說。

「唏！反正你們也是三個人，不如我們『三打三』吧！」校友興起提議。

「事不宜遲，立刻開波吧！」大家興奮應和。

浩波、陳強和啞黑同學這新相識的組合自然是一隊，雖然

他們從沒有合作過，但已見識過各自的獨特和厲害之處，即使沒有説明分工的位置，他們也知道自己的「本分」。

啞黑同學在左翼接到浩波的傳球後，便全速運球往鎮守在籃下的一位大個子校友衝去，對方見他從左方橫闖過來，也不斷調整自己的步法，以防止他進入籃下的「禁地」。

雖然啞黑同學嘗試硬闖，身體成弓狀背着與對方抗衡，但大個子仍能憑那大肚子，將他一步一步的逼離籃下。大個子成功限制了對手，兩名校友也隨即衝前來，以二人夾擊完全封鎖啞黑同學的去路。兩名校友眼見完全堵住了他投射和傳球的機會，便立時伸出四手，企圖硬生生奪去啞黑同學手上的籃球。此時，啞黑同學突然把籃球往自己的胯下一拍，正當皮球越過雙腿的一剎，他即轉身繞過大個子，不僅接回了皮球，還擺脱了糾纏，跟前就只有頭頂上那空蕩蕩的籃框。啞黑同學捧着皮球一躍，投出這一球，看似必入之際，皮球卻撞在籃框上，跳彈了兩下後，在籃框的右方掉下——

大個子見球沒進，便踏前一步想撿走這籃板球，卻被一股無形的巨牆阻擋着去路。稍稍往下一瞟，才發現較他矮了一個頭的陳強，正卡住了籃下的位置，令他難越雷池半步。大個子於是伸手亂撥，希望即使搶不了這籃板球，也可以將皮球撥給隊友，卻發現媽媽賜給他的雙手偏偏正短了一吋。大個子見矮小的陳強竟拾得這記籃板球，便急急在他的上空架起雙手，封截其補射的機會。可是陳強卻沒有瞟籃框一眼，反而把球直扔向早已走到邊線三分線外的浩波。大個子雖然撲了個空，但看見浩波已經一臉專注在瞄準籃框，仍沒放棄，立刻轉個頭來衝向浩波。

「三秒 ——」陳強在心裏倒數，同時，另外兩名校友亦已發足撲向浩波……

「兩秒 ——」校友連番跨步，跟浩波只有三步之遙，但浩波雙眼仍舊瞄準籃框，動也不動……

「一秒 ——」大個子飛身撲到，像大鵬展翅般張開雙手，準備狠狠拍走浩波手上的籃球……

「去吧！」浩波終於喊了一聲，皮球同時甩出，而大個子奮力的一巴掌亦拍了個空 —— 皮球在籃框內側轉了一圈，乖乖地鑽進框內。

「好球！」大個子不禁讚歎這記精彩的入球。

就在這場誰先取得 10 分便獲勝的比試中，浩波一方最後

以 10：6 勝出。大個子一方累極的走到場邊歇息，浩波陳強等亦已汗流浹背，退到場邊的一旁。

「你們真厲害，究竟是哪一個年級？」大個子問道。

「我叫浩波，讀 F.3B。」浩波釋出善意的笑容。

「你們叫我『陳強』便可以，我讀 F.2C。」

「我叫何祈克，F.3C。」聽到啞黑同學的自我介紹，浩波和陳強不禁笑彎了腰，他們驚訝於為啞黑同學取名的高人之遠見——何祈克（何其黑），跟他的膚色匹配得無話可說。

對於陳強和浩波為何大笑，大個子等人自然摸不着頭腦，但本着一份「禮尚往來」的華夏民族禮儀傳統，似乎是充當校友們「代言人」的大個子，亦逐一介紹：「我叫張立風，叫我『大舊』吧！另外這兩位是學文和禮行，我們都是讀 F.4E 班的。」

「其實你們也很厲害，移動和防守相當緊密呢！」陳強不忘為大舊的臉上貼金，以示識英雄重英雄。在一輪互相吹捧後，雖然大夥兒累得筋疲力竭，但打球的情緒依然高漲，他們便繼續再戰，直至各人都隱隱感到小腿肌肉抽搐繃緊為止。

這一晚回家後，他們莫不回味剛才的激戰。

樣貌的悲劇

過往每當放學後，不管學校的籃球架下擠滿了多少人，浩波依然會懷着善信在大年初一到黃大仙廟上「頭注香」的決心，在接踵摩肩、籃球橫飛的籃底下，獨自拚勁地投籃投籃投籃……然而自從認識了陳強和大舊等人後，浩波便改往桃園邨旁那個幾近荒廢的籃球場，作三人籃球大戰。

隨着日子的流逝，他們六人愈來愈熟絡，球技上也有些許長進，並漸漸建立了默契，甚至遇到一些新對手前來挑戰，他們也能夠擊敗對方。於是，他們都逐漸建立了點點的自信。

「我依然覺得，籃球校隊實在太過分，我敢説我們不比校隊成員遜色，就是因為歧視！才將我們拒諸門外！」何祈克在一次走籃投進球後，突然自觴自憐起來。

「歧視？為什麼這樣説？去年我參加選拔也落選了，我一直以為是自己的球技未達校隊標準，難道不是嗎？」大舊疑惑道。

「那麼，你有沒有發現，一些球技跟你差不多，甚至還差一點的同學，反而入選了校隊？」何祈克的眼神透着彷如發現神祕麥田圖形的迷離。

「當然有！我曾經亦不明白，為何黃 Sir 寧願選上一個技術和體格也平平無奇的人做後備中鋒，而不挑選我！」大舊說起舊事，仍面露惱色。

「你知道原因嗎？」何祈克朗聲解開謎底，說得一臉堅決：「就是因為樣——貌——的——問——題！」

「樣貌的問題？」學文和禮行異口同聲地問道。

「對！就是這樣！眾所周知，我們的籃球校隊，隊員球技好又靚仔，吸引了不少女同學的支持！校方當然希望將勝利推向極致——不只勝出比賽，連樣貌也要將對方比下去的『雙贏』局面！所以，黃 Sir 在選拔時，自然對參選者的外觀格外留神。」

大舊等人不住點頭，似乎對何祈克的「主觀」分析十分認同。

「若論球技，我自信絕對不比校隊內任何一人遜色！只恨我的膚色過於黝黑、面形過於瘦削、眼睛較為欠缺神采，他們就將我摒除在校隊之外！」何祈克顯得十分不忿，隨即朝向大舊說：「若單從球技和身材而言，怎麼說你也有機會入選校隊！

但你知否自己欠缺了什麼？」

「是什麼？」大舊緊張追問。

「是一口長釘！」他頓了一頓，「只要在你的太陽穴釘上一口長釘，便跟『科學怪人』沒有兩樣！黃 Sir 不讓貌似科學怪人的同學進入校隊，完全是樣貌歧視！更是對世伯和伯母極不尊重！」

大舊聽罷，即崩潰似的坐在地上，久久未能平復情緒。

何祈克瞪眼看着陳強說：「你知道自己為什麼落選嗎？」

陳強還未及作出反應，何祈克已轉向各人說：「你們也見識過陳強搶籃板的技術和在籃底下的威力吧！他竟然沒資格入選校隊？就是因為他的身材矮小粗壯如垃圾桶，看起來像『Q版人』！若果代表學校出戰，實在不夠體面，這才是他落選的主因！」陳強立時漲紅了面，幾乎休克。

聽到何祈克對大舊和陳強體無完膚的評論，當與他的眼神相遇一刹，浩波慌忙地說：「我自知技不如人……」

「錯！你怎能這樣沒自信心？」何祈克喝罵一聲，說：「難道你認為自己精妙的傳球和神準的三分球，會不及校隊的控球後衛嗎？當然不是！你落選的原因何嘗又不是因為『樣衰』？

但『樣衰』根本不是你的錯！」浩波像泄氣的籃球，跌坐在一旁……

此刻，何祈克的雙眼猶如放不下的屠刀，直瞟向學文和禮行。二人立時投以一記求饒的眼神，惟恐不及地說：「我們從未參與過校隊選拔，我……我們打籃球也只是玩玩罷了，從沒想過要投考校隊……」何祈克凝視了二人一會，才幽幽地說：「難怪你倆會不知道校隊選拔陰暗的一面……」

聽到他這一句回應，學文和禮行深深呼出一口氣，像挺過了一個難關。

看到大舊、陳強和浩波鬱鬱不歡的樣子，何祈克輕拍他們的肩膀說：「不要因為樣貌的問題而沮喪了！全校籃球比賽即將舉行，我們不如組隊參加，讓女同學將焦點重新放到我們身上！」何祈克握緊拳頭，說時一臉躊躇滿志。

「好提議！其實，我和大舊、禮行早就想問大家有沒有興趣參加。」剛「逃過一劫」的學文興奮地和議。

「好……參加……參加吧……」浩波和陳強卻沒神沒氣地回應。

「怎可能？怎可能將何祈克和陳強跟我一同比較！雖然我不敢說自己英俊，但外表上我的確比他們『正常』多了！太過分了……何祈克『樣衰』是他自己的事，竟然被他歸到同一類，真不值！」回家路上，浩波愈想愈氣，喃喃地怨道。

「喂，傻仔！怎麼獨個兒在自言自語？被鬼附着嗎？」

浩波回頭一看，原來是「長舌婦」雪樺，不禁板起面孔說：「這麼邪門？竟然會遇上你！放學這麼久還不回家？」或許他們早已習慣以一種不講求絲毫禮貌的方式溝通，二人都沒有任何被冒犯的感覺。

「我要出席啦啦隊排練嘛。校隊星期六會出戰區際決賽，勝出的話就可以晉身最後十六強，與全港各區的冠軍校隊爭奪總冠軍。這樣重要的賽事，我們當然要為他們打氣啦！」雪樺與有榮焉的說。

浩波不屑地擠一擠眉：「又是籃球校隊，很了不起嗎？我的球技絕不比他們遜色！」

「嘿！別騙人了，校隊選拔當日我也在場，清楚看見你運球走籃的動作生硬得像是蟹行一般，你還在自吹自擂？」雪樺噗哧一聲笑了出來。

「我……我……沒錯，運球技術是差了一點，可是遠投和傳球技術一點也不賴！」浩波提高嗓門，企圖以聲量掩飾被雪樺揭露真相的尷尬。

「哈哈……你即管吹噓吧！但無論怎樣你也改變不了一個事實——就是樣貌的問題！單說這一點，你便永遠也及不上校隊的成員呢！」雪樺樂呼呼地說。

在同一天內，竟接連受到別人對自己的外貌作出連番攻擊，這口氣叫浩波實在嚥不下！只是……他深明即使怎樣申辯，也不能輕易為自己平反。這時候，他想到所謂「男子漢」世界內最經典、最具說服力的決鬥方法——球場上一決高下！

「哼！你少來這一套！我才不會因此動怒！」浩波氣沖沖地說：「我們將會參加全校籃球比賽，到時你可要睜大雙眼，看看什麼才是真正的籃球技術！」

「呵呵，你在邀請我觀看你作賽嗎？你倒想得美！」雪樺搶白說。

「我……我根本不是這個意思……我才不稀罕你是否會看

我比賽！」浩波不知所措應道。

「哎呀！別害羞了！」雪樺蠱惑地一笑：「如果你現在懇求我，我也可以考慮到場，支持你……的對手！哈哈……」

「你——」

「唏！不跟你談了，到我家門口了！其實，不用佯裝跟我説話，藉以送我回家，大方地説出來不就可以嗎？」

「什麼？」浩波疑惑地環顧四周，果然不是平常的回家路線。

雪樺笑得更開懷，以一派同情的口吻説：「我明白你的心意，可是，請你別花時間在我身上了，you are not my cup of tea！再見啦！」説罷，便一個箭步踏進大廈，絲毫不讓浩波有反駁的機會。

「可惡！蝕水！又被她佔了一個口頭上的大便宜！」想到這天被外貌遠比不上自己的何祈克評為「樣衰」，又被雪樺硬説成自作多情……儘管不算是什麼大打擊，但就像一口困在橫隔膜吐不出的悶氣，令人渾身躁動。

愛作戰

區區一次校內比賽，校隊成員當然不會結集成一支隊伍參賽，而是歸到各自的班別中出賽。至於 F.5D 被捧成奪標的大熱門，皆因這一班同時擁有四名校隊成員 —— 偏偏，浩波一隊的第一場賽事便跟他們狹路相逢。

「這是一場關乎榮辱、尊嚴，甚至未來幸福的一戰，我們絕對不能輸！」何祈克看到賽程表後，向身旁的陳強和浩波咆哮道。

「有這麼誇張嗎？」浩波冷淡地笑說。

「不許笑！你別輕視了這場賽事的重要性！」何祈克喝止浩波，凝重地說：「這是我們的『翻 —— 身 —— 之 —— 戰』！如果能夠在這一戰擊敗由多名校隊成員組成的 5D 班，同學們一定會對我們另眼相看！還有，說不定可以因此額外獲校隊徵召。試想像以後在比賽時，啦啦隊隊員穿上小背心和傘子般的短裙，向我們報以陽光般燦爛的笑容，為我們使勁地吶喊助威……讓我們的中學生涯添上色彩繽紛、可堪回味的一頁！你們說！這場比賽是否十分重要？」

「重要……重要……」陳強和浩波一邊幻想箇中的情景，一邊露出腰果似的眼睛。

「所以，大家絕不應抱着玩樂的心態！因為這是捍衛尊嚴、捍衛初戀的重要一戰！」何祈克激動地搭着二人的肩膀，説得咬牙切齒。

這幾天，浩波等人在練習時都特別起勁，儘管腦海裏有時會泛起啦啦隊員打氣的遐想，各人對於每次配搭、每記組織，都一絲不苟。

「陳強，你的搶籃板球能力最強，中鋒這位置就交給你吧！」浩波等六個人圍在一起，何祈克以一派統帥姿態逐一指派崗位。

「大舊，論身形體格，你是最魁梧的，由你擔任大前鋒的位置，與陳強合力在籃底下強攻 5D 班是最好不過了！」大舊堅定地點頭。

「學文，你的體能和拚勁最厲害，擔任小前鋒便最適合不過了！緊纏對方重心球員的重任便交給你了。」

「浩波，你傳球了得，控球後衛一職自然非你莫屬！」浩波咧出一絲微笑回應。

「至於得分後衞的位置歸我，由我來負責上籃突破的工作吧！」何祈克説時，自信滿滿地挺直了身子。

「禮行，你是我們之中技術最平均的一位，你絕對是『最佳第六人』的不二之選！」雖然明知被貶成後備，但聽到何祈克這麼説，竟也為禮行添上了自信。

「明日一戰，只許成功，不許失敗！」在何祈克振臂高呼之後，眾人高聲和應。

他們「翻身」的一天，終於來了。

一如所料，這天的確有很多人來觀戰 —— 無庸置疑，到場的同學（特別是女同學）幾乎全是為了支持他們的對手。大概只有少數對籃球校隊同樣有説不出的嫉妒的同學，才會暗暗希望浩波這一方勝出……

「咦，怎麼你會在這裏？看你嘴角含春，肯定是來看帥哥吧！」浩波驀然見到雪樺站在場邊，忍不住上前跟她搶白。

「當然是來看帥哥，難道是來看你這頭乾癟的猴子？」雪樺不只擺出一副理直氣壯的樣子，更刻意提高嗓門。

浩波本來還想撐下去，但看到圍在雪樺身邊同樣是來看帥哥的女同學，紛紛上下打量並發出深表認同的竊竊笑聲，浩波只好勉強的回應一句：「我……我才不會跟你一般見識！」

就在轉身離去的一刻，他聽到背後爆發的笑聲，一直淹沒他的耳朵……

比賽還未開始，浩波便處於劣勢。

就在這「神聖」的一戰即將開始之際，浩波發現眼前的對手竟跟他們一樣，同是參差不齊。至於韋峰、阿昌、國文和耀宗這四名校隊成員，仍然穿着一身整齊的校服，瀟灑自若地站在場邊閒談，偶爾還會向周圍的女同學逗笑。

何祈克看得皺眉，說：「究竟什麼意思？為何那四人仍站在一旁，連球衣也未換上？」

「喂，別耍我們好嗎？大家只是來玩玩罷了，校隊成員不落場才好呢！否則不只我們感到沒趣，你們也會輸得丟臉，這有什麼好？」對方的一位成員挨近何祈克的耳邊，苦口婆心地說。

「我們跟你怎會一樣？我們才不像你們般沒大志……」當

然人家說得真誠善意，這句話何祈克也只是喃喃自語，並沒有真的大聲喧嚷出來。

「不要緊！」看見何祈克臉如土色，陳強便拍了拍他的肩膀，在他耳邊說：「只要我們打出好表現，自然能逼使校隊成員上陣跟我們比拚。」何祈克瞟向浩波，又望望其他隊友，只見他們都咧出自信的笑容……

「嗯！我明白了，我們定要拚盡全力，將校隊成員『逼』出來！」

球證在球場中圈拋起籃球的一剎，圍在球場邊的同學彷彿未意會到賽事已經展開 —— 幾個男生仍在嬉笑玩鬧，女生們則如觀鳥般盯着帥氣迷人的校隊成員 —— 而在球場之內，重壓壓的氣氛卻叫浩波等人幾乎透不過氣，眾人緊盯着球證將籃球一拋而起……

負責在「跳球」時爭搶籃球的學文奮力一躍，反觀對手派出一位身形略胖的隊員，顯然只是虛應了事，稍稍踮起腳尖已算是這次「跳球」中作出的最大努力。學文在空中將皮球往後場一撥，籃球落在浩波跟前，他踏前一步迎球而上，立刻像不幸接住一個快要爆炸的手榴彈般，慌亂地使勁往前一扔 —— 籃球就像一顆急勁的隕石，在剛才爭搶跳球的胖隊員身旁掠過、胖隊員踉蹌避開、心裏正暗罵浩波罔顧他人安危胡亂扔球、卻突然聽到傳來哨子聲、站在計分牌旁的工作人員準備伸手翻起分數……胖隊員回身一看，只見籃底下竟站着那個矮矮胖胖的陳強，施施然地讓手中籃球滾出底線，把控球權拱手讓給己方。

「什麼意思？」雖然從各人的舉動和隊友目瞪口呆的神情，胖隊員已猜到這一球已經不知怎的投進了，只是仍禁不住一臉不可思議的喃喃自語。

「厲害！你這招『棒球式傳球』很有翁金驊的影子！」何祈克向浩波笑道。

「什麼翁金驊？是 Jason Kidd 才對！」在這份純屬自吹自擂的遐想中，浩波依然執著。

「哈哈……好的好的，你是 Jason Kidd 附體。」何祈克連忙更正，卻突然竄到那個正從後場運球推進、穿着 23 號球衣背部印上 James 的對方隊員之前。

James 顯然也有一定的籃球造詣，他見何祈克擋住去路，便稍稍蹲下，皮球在胯下左右穿梭，眾人被搞得昏頭腦脹之際，何祈克如獵鷹般，伸手遊隼似的往下一探，剛好撥走了James 手上的籃球！皮球往一旁跳彈而去，James 一怔之下，立刻俯身想要搶回，卻發覺籃球不幸地滾到三分線前的浩波面前。浩波垂手截住了籃球後，舉手瞄準籃框 —— James 見他準備起手投射，正要衝過去封截之際，卻發現何祈克原來早已卡住了自己的去路。雖然何祈克明白僅憑自己如乾枯柴枝的身軀，James 只要奮力一掙就足以擺脫，但就是多了這一番的磨蹭，已足夠令浩波延長了些許瞄準時間。正當何祈克為這微弱但重要的貢獻暗自歡喜時，卻發現 James 已經邁了一大步，並張開手準備一巴掌撥走籃球，而浩波，仍猶如一尊屹立在球場的雕像，石化似的擺出一副瞄準的姿態。

「你還在瞄準什麼？快點投吧！」眼看浩波快要將自己辛苦「賺來」的時間揮霍掉，何祈克只能乾着急，而 James 也沒有被浩波突然「石化」的古怪行徑所嚇倒，正滑翔般從浩波的右方躍過去……

「中！」如石化似的浩波吐出這個字，終於甩出手上的籃球。已騰躍半空的 James 算不準浩波出手投籃的時間，竟硬生生撞了過去，二人倒地的瞬間，兩雙眼睛卻同時注視着籃球的弧道——

「颯——」

球場出奇的寧靜，顯得這記籃球擦過籃網的聲響格外清脆。

也許是浩波跟 James 相撞倒地的一幕太過驚心動魄，也許是大家難以相信眼前的景象，圍在球場邊的人，同時呆住了。

「中呀！」倒在地上的浩波緊握着拳頭叫了出來，何祈克、陳強等人蜂擁上前攙扶他。此時，場邊有幾位其貌不揚的男同學，大概出於對同樣平凡無奇的浩波等人表示支持，連連喊了幾聲「好波」，但很快便惹來一片起鬨之聲。

不過，這卻是浩波等人第一次聽到為他們而發出的歡呼喝采。

歡呼聲愈來愈熾烈，更摻雜了尖叫的女聲，還算有點自知之明的浩波覺得有點蹊蹺，一看，女同學雙眼儘管發出興奮的亮光，視線卻全沒有沾到他們身上。浩波隨着她們的視線搜索，看到韋峰、阿昌、國文和耀宗正優雅地解開領帶，摺起衣袖，還稍稍撥弄亮麗的頭髮……俊朗若此，簡直跟日本漫畫中的男主角沒有兩樣。

「你們多打一會吧，不用急，待會才跟你們替換。」即使隊友接連失分，場邊的韋峰依然友善地作出鼓勵。一眾女同學聽到韋峰原來仍未有換入的打算，顯得好生失望。

「嘿！不過是鬆開衣領的鈕扣，那些『女人』便尖叫起來，我還以為有人在場邊跳脱衣舞呢！」就在何祈克仍不斷跟身旁的陳強嘮嘮叨叨之際，浩波感應到，一種不安之感正慢慢滲進球場……

可是何祈克和陳強等人，卻絲毫沒察覺到那股不安的蔓延，他們只嗅到愈來愈濃烈的勝利氣味——5：0、9：2、15：6、20：8……在對方沒有校隊成員坐鎮下，他們享受到把對手摧枯拉朽地蹂躪的快感。結果在上半場結束時，計分牌停留在22：8。

「哈哈……看到嗎？我們現在遙遙領先對手，證明當初我説的沒錯——進不了校隊，不是**你們**的球技不好，只是**你們**受的樣貌歧視太嚴重了！」每當何祈克提到「你們」時，總會加強語氣，還報以真摯的眼神。

「下半場不會如此輕鬆的……」眾人興高采烈之時，浩波卻轉頭望向那幾個仍在場邊跟女同學逗樂的校隊成員。

「你太杞人憂天了！浩波，先別說我們現在大比數領先，難道你忘了在選拔當日，我們曾經和他們交過手嗎？他們根本不如想像中的厲害，只要小心應戰……會贏的，我們會贏的！」陳強的分析顯得頭頭是道。

浩波半信半疑地道：「但願如此……」

下半場快要展開，韋峰、阿昌、國文和耀宗四人果然替換出場，但他們依舊穿着襯衣西褲皮鞋。

「連球鞋也沒有換上，你們在侮辱我們嗎？」何祈克忍不住罵道。

「不！不！請別誤會，我們只是剛巧沒帶運動鞋和球衣罷了……」韋峰連忙賠罪。

穿上一身校服的韋峰控球從後場推進，把球扔給留在場中的 James。何祈克如狼似虎的衝過去，James 急急將籃球扔給在中圈接應的國文。國文從容的向右方運球，卻遇到大舊的防守。眼看他猶如一棵古杉立在自己跟前，國文沒有選擇硬闖，而是從大舊的胯下送出一記彈地傳球。剛好趕到籃底下的耀宗及時接應，他假裝上籃，實質卻把球扔給左路無人看管的阿昌。阿昌不徐不疾地起手，將皮球往籃框一送，同時身體諧協的伸展，姿態流暢而悅目。皮球在空中劃出一道拋物線後，清脆地落入籃框……陳強等人也看得目瞪口呆。

「太厲害了……」浩波心中驚歎，但不敢磨蹭太久，立刻投入了新一輪的進攻，更得到一次投籃機會，可惜因為他瞄籃太久，結果被阿昌硬生生把球抹走。

「哎呀！浩波！你這球起手實在太慢了！」學文忍不住抱怨。或許因為比分仍然落後，阿昌也抓緊時間，立刻將籃球傳給隊友，可是當他抬頭一瞄，卻不禁嚇了一跳：

「什麼！他有四隻手嗎？」阿昌見到，攔在前面的浩波為阻止他傳球，竟以渾身蠻勁張開雙手上下撥動，殘影竟幻化成四手，就像一道屏幕，完全堵住了傳球的去路。

「傳彈地球！」韋峰喊了一聲，阿昌即時會意，浩波雖然靠着他「四隻手」把傳球路線堵截得滴水不漏，但他雙腿之間卻有一個如山洞般的罅隙。阿昌把籃球朝向浩波兩腿中間一送，皮球一彈地便清脆地跳到韋峰的手上。

浩波露出了嚴重破綻，還讓阿昌以一記「胯下傳球之辱」輕易破解，叫場邊的同學笑彎了腰。

「哈哈……那個出洋相的人剛才好像跟你很稔熟呢！」一位陌生的女同學，突然拍了拍雪樺的肩膀說。

「你認錯吧！我根本和他並不熟！」雪樺不願跟剛出了洋相的浩波扯上關係……

何祈克歎氣道：「唉！浩波又出醜了。」

可是，浩波還沒有放棄這次「出醜機會」，他就像一頭搖頭擺尾的家犬，總是朝向持有皮球或飛碟的主人撲過去。已經運球走到籃下的韋峰，見浩波提起餘勁衝過來，便故意減慢動作的節奏，待他以為能趕及攔截的一剎才輕輕施以一記閃身，令浩波撲了個空，一個踉蹌幾乎要仆倒地上；至於韋峰則含着微笑瀟灑上籃得分——二人天與地的表現差別，更令韋峰添了好些仰慕的眼神，也令送給浩波的恥笑聲顯得更不留情面。

「唉……太丟臉了，太丟臉了！我們來明明是要贏取歡呼聲，現在卻像馬戲團裏的大灰熊，被耍弄得團團轉……」為保住在球場上的丁點尊嚴，何祈克裝出一副滿不在乎的瀟灑——他接到籃球，即以閃電般的速度運球殺入三秒區，雖然 James 和耀宗早已守在籃底，但何祈克仍然像飛人般以空中跨步直衝過去，而且伸展出優美的姿態上籃，但皮球卻彈中籃框，然後

穩穩落在 James 的手上。不過何祈克並沒有失望，因為他瞟到場邊有幾位樣子平平的女同學，閃出一瞥帶有些許仰慕的眼神，總算為他帶來聊勝於無的安慰。

「防守呀！防守！」浩波一聲咆哮，就像一頭餓瘋了的獅子，雙眼正死命緊盯控着籃球、身形修長的韋峰；不過韋峰快速而純熟的運球，猶如表演魔術戲法一樣。

「什麼！他在操控着兩個籃球嗎？」觀眾明知這不過是殘影，仍禁不住對韋峰如此嫻熟的技術驚訝不已。正在防守的浩波，眼神透出儼如 Discovery Channel 中野獸捕獵前一動也不動的冷靜與殺氣——突然，韋峰率先打破這份膠着，猛然往浩波的右方拐過去，浩波立時伸手抄截，希望搶下韋峰手上的籃球。殊不知韋峰這一着不過是一招虛晃，令浩波當場撲了個空。正當大家心裏認為浩波哪會輕易被擺脫時，果然，浩波已一手抓住韋峰的前臂，不惜以犯規中止對方的反擊……

就在浩波搭在韋峰前臂的一瞬間，他卻驚覺對方竟使出強大的拉力，直把他往前狠狠一摔。浩波一個踉蹌，呈一個標準的大字型踣倒地上，鼻子更撞得一片殷紅。至於韋峰，當然又是以瀟灑的姿態輕鬆取下兩分。

「哈哈……哈哈……」這一回，場內的笑聲更響亮。

「你朋友球技又差、又愛犯規，被韋峰放倒地下，自取其辱也算了，連他的朋友也面目無光呢！」雪樺身旁一名陌生的女同學說。

雪樺忙着澄清：「他……他才不是我的朋友呢！我……根本跟這個『離奇人』不相熟！」

那些恥笑聲和眼神，漸漸從浩波一直蔓延到其他隊友。本來已經因浩波的洋相而渾身不自在的何祈克，喃喃自語起來：「同學又在取笑我們了……」何祈克四顧張望，與一些充滿訕笑的眼神相遇，恨不得球證能腰斬這場賽事。

在同學熱烈支持下，校隊迅速取回領先優勢，韋峰等人愈打愈見暢順，即使隨意往籃框一扔也能進球；結果兩分鐘後，他們更拉開接近三十分的距離。何祈克為保存顏面，此時已要求禮行頂替自己的位置。他一屁股坐在地上，索性把大毛巾蓋在自己頭上，希望能隔絕四方八面的訕笑聲。他暗暗掀起頭頂上的毛巾，就像一個僥幸逃出戰線的士兵，正躲進戰壕內，窺看血洗戰場的慘烈……

「砰——砰——」不知怎的，對方投籃的聲音，在何祈克耳中竟幻化成一記又一記沉重的炮火；他又看到滿身混雜污泥汗水的浩波，像一個血流披面、正在垂死掙扎的二等兵，擋在猶如坦克車的耀宗之前爭搶籃球——

「搶到了……」浩波慘白一笑，然後像一心同歸於盡般，將籃球像拋擲手榴彈到敵方陣地那樣扔給籃底下的陳強，直至看到他把皮球投進籃框後，才一副心願已了的兩腳一伸……雙腿抽搐得僵直。

「哈哈……你的傻瓜朋友用不着這麼拚命嘛！」雪樺感到又有人搭着她的肩膀，才發覺她的一位啦啦隊隊友正笑彎了腰。

雪樺再次說明：「我已經多次澄清了，我和他，一個學期也談不上五句話，根本不相熟……」

「吔吔吔——」

完場的哨子響起，雪樺竟不期然想起宗教課上彼得在雞啼之前三次不認耶穌的故事。她的確深感後悔——後悔今天不應留在場邊，受到如此擾人的窘困。

34：60——本來已是一個分數差距很大的賽果，加上屬於對方的歡呼和自己惹來的訕笑、對手的瀟灑和自己的洋相……這絕對能成為浩波等人在中學生涯最不堪回首的事件。

Part 2
恐怖特訓

實驗室助理

那場比賽之後，何祈克和大舊等人像患上了「思覺失調」—— 只要一拾起籃球，耳邊就不期然傳來一陣陣的冷笑聲；才稍稍走近球場，比賽當日站在場邊一副副竊笑的面孔，又會重現眼前……只有浩波，在每天小息和午飯時間如常捧着籃球，到操場一個伶仃地屹立一旁的籃球架，與一班中一生爭相投射。

每間學校總有一些不成文但出奇地相通的規定，例如：學校內較正規的籃球場，都會由年級較高、球技較好的同學長期佔用；至於初中的同學，則會一窩蜂似的退到操場內殘舊的籃框前，十數人圍在一起投籃。當然，作為對學弟們的一種補償，高年級的同學也不會在這些霉爛籃球架下打球。

每天的小息或午飯時段，總會出現小男生捧着籃球，突破老師的監察，三五成羣在校園內奔騰的情景 —— 就是希望能在人潮湧現之前，把握機會多投兩球。

特 —— 特 —— 特 —— 特特特特……

「為什麼……明明鐘聲一響，我已經跑下來，怎麼仍會被人率先霸佔了籃球架？」一名剛插班進校的中一生，呆呆地望着正在籃球架下專注投籃的浩波。

「喂，別發呆！不用理會這個『老嘢』，只管過去投籃吧！其他學長從來不會跟我們爭場地，惟獨這人恃大欺小，老是穿插在我們中間，真不知羞恥！」另一名中一同學甲毫不避忌地說。

「對呀！我也不明白，平日只要一聽到小息鐘聲響起，我就第一時間動身跑來，但每次總是被這人先到一步。」同學乙附和道。

「我看他還不是走堂才能每次都先到步吧？嘿！這些人書讀不成，球技也不濟。你們沒看到他早兩天在籃球比賽時出的洋相嗎？」同學甲冷笑道。

的確，浩波讀書成績平平、球技不濟，這統統都是實情，但要是說他每次都為搶佔籃球架而走堂，卻是冤枉的指控，就連一向看不起他的雪樺也可以證實。每逢臨近小息和午飯前的五分鐘，浩波便開始坐立不安、蠢蠢欲動，俯身撫摸放在書桌下的籃球；兩分鐘前，他開始抖抖手腳當作熱身；當下課鐘聲響起的一刹，雪樺甫抬起頭時，浩波就像使出《龍珠》漫畫中悟空的「瞬間轉移」絕技，消失了踪影。這一種有點超自然的神祕行徑，亦被雪樺認定是他惟一的長處。

這天，當浩波繼續不理世俗的眼光，如常霸佔學弟「專用」的籃球架練習時，突然在他的身後傳來一把聲音。「咦？又在欺負學弟嗎？」

浩波轉頭一看，原來是「臭口鄭」。

「臭口鄭」是學校的實驗室助理，四十來歲，能得「臭口」此稱號，是因他有一種「超能力」── 他吐出的每句話，都極盡揶揄之能事，無論老師或學生都忌他三分。縱使校內已沒有人膽敢招惹他，但只要不幸被他盯上，他也會主動取笑一番。平日他就像古堡裏的「魔獸」，被「封印」在實驗室內，但在小息和午飯時間，「臭口鄭」就會破關而出，四處肆虐。

「鄭……鄭 Sir……」即使向來視難堪如無物的浩波，當看到臭口鄭站在跟前，亦會變得結結巴巴。

「你絕對不能歧視殘疾人士！」臭口鄭突然正色道。

浩波一慌，馬上解說：「我哪……哪有？真的沒有呢！我不是這種人……」

「還裝蒜？你投籃的姿勢如痙攣般，顯然是取笑那些不幸的人士！」臭口鄭說時一臉認真。圍在籃球架附近的中一學弟，早已笑彎了腰，幾乎蜷曲在地上。

「我……我……」浩波立時漲紅了臉，籃球亦從手中「特、特、特、特特特特……」的滾到臭口鄭跟前。臭口鄭俯身讓籃球滾進掌心，逕自喃喃的說：「原來我也很久沒打籃球了！」說罷，便隨意往籃框一拋——「颯」的一聲，皮球竟穩穩穿籃而過。

臭口鄭幾乎沒有多瞄籃框一眼，就能輕易在三分線的距離進球，浩波把剛才的窘困頓時抛諸腦後，雀躍趨前問：「鄭Sir，你很厲害呢！可以教我打籃球嗎？」

「走吧走吧！我根本不會打籃球，你別煩我！」臭口鄭直截了當地拒絕。

「求求你，教教我，我很想改善自己的球技。」

一直以來，任何人跟臭口鄭攀談數句以後，無不被他奚落得落荒而逃，但浩波不單沒絲毫的尷尬，反而更熱情地向他步步進逼。這令臭口鄭有點招架不住：「喂……喂！傻仔，那一球，我亂扔的，進籃只是巧合罷了……」

「什麼？亂扔也能投中？鄭Sir，你以前是香港代表隊嗎？」浩波依然纏着臭口鄭不放，「求求你，教教我吧！我真的不會浪費你太多時間！」

「夠了夠了！」臭口鄭三步併作兩步地逃走，但浩波發揮出香港人鍥而不捨的精神，不惜一切的追上去……結果竟令臭口鄭發足狂奔，在小息還未完結之前，逼使他急急竄回那間在門外貼上「學生不得內進」的實驗室內。

這令人不可思議的一幕，迅速傳遍了整個校園——

「喂，那個『唔好波』繼上星期出醜事件後，又再創新猷！」某天午飯後，Psyche 趁浩波還未回來，跟雪樺說起這件「新聞」。

「什麼事、什麼事？」似乎一談到浩波的糗事，雪樺就興致十足。

「你不知道嗎？連『臭口鄭』也怕了他呢！」Psyche 煞有介事地說。

「我也聽聞過，但我真的覺得很不可思議嘛，臭口鄭要麼不說話，一開口必定令人極度難堪且無地自容，從來只有別人怕他，他又怎會怕那個傻子？」雪樺半信半疑的說。

「對呀！這個臭口鄭真是一個賤人！」Psyche 咬牙切齒地

說：「你還記得上學期離職的 Miss Chan 嗎？」

「記得，她胖胖的，簡直可以用『兇惡』來形容！」

「可是你有否聽過一個傳聞：Miss Chan 曾因一句話，在教員室洗手間裏哭得死去活來？」Psyche 吊起一把懸疑揭祕的聲線。

「我聽過呢！但大家都將那傳聞看作天方夜譚，Miss Chan 平時兇巴巴的，有誰敢惹她……」

「錯！這是千真萬確的！」Psyche 堅定地說：「而且說出那句令強如 Miss Chan 都哭崩長城的人，正是臭口鄭！」

「哎呀！你別再賣關子了，臭口鄭當時究竟說了什麼？」雪樺不耐煩地叫道。

「有一次，Miss Chan 因為臭口鄭做事不夠妥當，便罵他『高大衰』。殊不知，臭口鄭竟然沒瞟她一眼，啖着早餐冷冷的說她 —— 說她像……」Psyche 掩住嘴巴，久久未能說下去。

「怎麼了？究竟說Miss Chan像什麼？」雪樺沒好氣地問。

「他竟然……竟然說 Miss Chan 肥腫得像一具……浮……屍……根本不用理會……」雖然 Psyche 仍是緊緊地掩着嘴巴，但從她掩蓋不了的腰果眼神，她，顯然也笑得不能自已。

「太……太過分了！雖……雖然 Miss Chan 為人有點霸道，也略為胖……但這樣形容她……」雪樺未説完就伏在書桌上，久久沒有説出一句話。

之後雪樺稍稍抬起頭，揉搓着笑得發麻的牙關，問：「但 Miss Chan 不可能因為臭口鄭的一句話而哭吧！」

「這當然。可是這句話最大的威力在於：教員室的老師聽後，雖然也覺得道義上要指出鄭 Sir 的不是，可是當各人看向 Miss Chan，再細味那句話，竟都紛紛像中槍似的伏在桌上，發出『嗤嗤』的竊笑聲 —— 就像你剛才一樣。」

雪樺恍然大悟，説：「但我又有疑問，既然臭口鄭如此可怕，為何他會害怕那個傻子吳浩波？」

Psyche 瞇起雙眼，語氣篤定地説：「肯定是看到吳浩波上星期比賽的洋相後，深怕沾上他的霉氣，呵呵……」

「呵呵，很好笑嗎？」一把低沉的聲音傳來，她倆抬頭一看，赫然發覺前面的座椅上，在不動聲色間已坐了一個濕淋淋的背影，凝在髮梢的汗水正緩緩滴落……雪樺霎時有一種濃烈的不祥預感，急急將桌上的東西塞進抽屜，但顯然已遲了一步，因為浩波已奮力搖動頭顱，讓自己如硫酸般的汗水，盡情

灑向雪樺和 Psyche 身上 —— 即使被二人以最具分量的數學課本拍打也在所不惜。

惡魔教練

在那次全校籃球比賽後，何祈克、大舊和陳強寧可繞道而行，也不敢再走近籃球場；學文和禮行更表明「暫時引退」，不再跟他們一起打籃球。他們當然不是因為一場球賽而鬧翻，而是只要他們幾個人一聚集，同學就會想起那件引人發噱的回憶。除了浩波忍耐別人取笑的能力較高外，其他人實在無法接受別人長期的訕笑。

「口殊……口殊……」一日小息，當浩波如常直往籃球場衝，突然聽到耳邊發出一陣疑似協助幼童小解的叫聲。他停下腳步四處張望，可是附近除了校工阿叔在掃落葉外，根本沒有任何人。就在他準備繼續前行之際，一陣異風在他背後吹動，回頭一看，竟見到石柱旁正伸出一隻手向他招來。

「誰！」浩波驚呼一聲。

「是我。」探出頭來的，原來是陳強。

浩波一臉氣脹，怪責陳強故作神祕。陳強立時端出無可奈何的神情，解釋道：「哎呀，沒辦法啦，若被其他同學看見我們，肯定會再次勾起那天出盡洋相的回憶，屆時我們只有退學才能避開這種可怕的尷尬……」

「哼！既然這樣害怕，就不要……」陳強不待浩波的晦氣話說完，便插嘴道：「不要談別的！我來只為了問你一個問題，你是否求教於那個可怕的『臭口鄭』？」

浩波眉飛色舞地說：「對！他真的很厲害！雖然他口沒遮攔，但球技絕佳，我看見他在三分線不過信手一扔，皮球便穩穩的投進籃框……」

「好好好！夠了，桃園邨球場是臭口鄭的必經之路，我們放學後在那裏等他，到時你再慢慢說！」陳強說罷，便鬼鬼祟祟地退回柱後。

「喂！怎麼說了一半便走——」浩波趨前往柱後一看，陳強竟已消失得無影無蹤，同時梯間傳來如戰馬鐵蹄的聲響，他抬頭往樓梯上一看，陳強已逃竄疾走得老遠。

放學的鐘聲響起後不過一分三十秒，一團黑影早在放學人潮出現之前，如風的在學校大閘門前掠過——一手揪住背包，一手挾着籃球，浩波在狂奔之下，頭髮像超級撒亞人般在風中飄揚，白襯衫隨着急促的步伐節奏從褲腰鬆脱出來，形成一副衣衫不整的狼狽相。浩波一口氣跑到桃園邨那個殘舊的爛球場後，才停下來大口大口的喘息。

過了幾分鐘，陳強、大舊和何祈克陸續趕來，也按着浩波的肩膀在拚命喘氣。

「哦？幹嗎搭着我的肩膊，我跟你相熟嗎？」浩波冷眼瞟向陳強説。

陳強當然知道浩波是氣他剛才在校園鬼鬼祟祟的行徑，喘着氣説：「難道……難道你……你認為我想……這樣嗎……風……頭火勢……為免再度成……成為取笑對象，低……低調一點有錯嗎？」

大舊插嘴道：「浩波……你別太……太介懷吧！難道面對全校同學全天候的嘲笑眼神……你真的能無動於衷嗎？對不起，我們不能！」

彼此質疑的氣氛僵持不下，何祈克換個話題道：「唏！浩

波，聽説連臭口鄭也怕了你，是因為你老是纏着他，求他教你籃球技術。你傻了嗎？怎麼看也不覺得他懂打球……」

「不！他不只球技了得，而且十分瀟灑！前兩天我見他不過隨手一扔，籃球便清脆利落的投進籃框！」浩波一臉堅定。

何祈克狐疑道：「説不定那次是他走運，剛好投中。」

「嘿！走運？如果投籃準繩真的可以靠運氣的話，為何比賽時你老是投不進？難道你跟瘟神災星是好友嗎？」浩波毫不客氣地反擊。

「你——」

何祈克一時語塞，陳強反過來打圓場説：「你們別吵了，待會當臭口鄭經過這裏，我們邀請他比賽一場便成！」就在他們還在吵吵鬧鬧之際，臭口鄭正吹着口哨，一派輕鬆的走過來。

浩波一見到他，便像山賊攔途截劫般跳出，封住了他的去路，禮貌周周的叫了聲「鄭 Sir」。臭口鄭呆了半晌，雖然仍嘟起嘴巴，但已吹不出什麼聲響，頃刻之間，他臉上的表情由驚訝變成煩厭，然後更裝作什麼也沒看見，同時趕緊驅動雙腳急急繞道走……

可是浩波並沒有放棄，他捧着籃球死命的追上去，再次趕到臭口鄭跟前。看到浩波那張誠懇得叫人發麻的笑臉，臭口鄭終於降服了，無奈地面對那彷似不可逃避的命運，問：「大佬，講！你想怎樣？」

「鄭 Sir，教我們打球，好嗎？」浩波猶如一個討玩的小朋友說。

「救命，怎麼有人會這樣麻煩？同學，我再講一次，我不會，真的不會打球！信我，好嗎？」臭口鄭沒好氣的說。

「你怎可能不懂打球呢？我明明親眼看過你瀟灑的投籃技術……」

「算了吧，浩波！什麼鄭 Sir ？他不過是學校一個可有可無的雜工（咪，咪），你看他這副德性（咪，不要說得太……），別說打籃球，大概多跑兩步也會喘氣呢！」何祈克終於沉不住氣。

「咪，咪，別說得太過分……」看到臭口鄭鐵青着臉，浩波壓低嗓音多次在何祈克耳邊制止，可是這等對中年漢批評得如此不留情面的話，還是說漏了嘴。

「糟了……糟了……」雖然陳強平日也不齒臭口鄭的言

行，可這刻見他羞憤如此，亦實在不忍——驀然，臭口鄭一手奪過浩波手上的皮球，將那股無法宣泄的鬱躁使勁一扔，籃球盛載着憤怒，急勁地直往半空飛……竟然劃出了一道優美的弧形軌迹，皮球，精準地穿進籃框之中。

空氣頓時凝住了，而陳強和何祈克僵直地望着籃球在地上一彈，一彈，一彈……

浩波興奮地搖晃着他們，大喊：「你們看到了吧！我沒說謊吧！這兒跟籃框好歹也有二十多米的距離，但他都可以投進！如果你說上次他投中是走運的話，這次又算什麼？」

原本面色慘白的臭口鄭，臉上回復一點血色，他那獨有陰沉而蠱惑的微笑，亦霎時從嘴角透出來，他心念一轉，自忖道：「嘿，竟然這麼走運，再次亂投也命中！嘿！剛才說這麼難聽的話嘛……我不如就趁機戲弄你們一番！」

呆了半晌，臭口鄭才瞥一眼何祈克，說：「對我來說，籃框就好像太平洋般大，隨便亂投也會進，只有球技低等的人，才會以為投籃這麼簡單的事都需要靠運氣。」各人除了露出驚訝表情外，根本想不出怎樣回應。

剎那間，陳強態度一轉，誠懇地問道：「鄭 Sir，教我們打球，好嗎？」

臭口鄭有點自鳴得意，說：「嘿！教你們這班『極品』打球？如果跟你們扯上關係，豈不教我英名盡喪？」

「我們只是欠缺一位像你一樣厲害的教練指導而已，事實上，我們都各有獨特的籃球天分，好像浩波的傳球和三分球最厲害，而我在爭搶籃板球方面……」

陳強把話才說到一半，臭口鄭已哈哈大笑：「你們人人都有天分？像你矮矮胖胖的，擁有一副完美的『南瓜身形』，你還敢說自己有天分？老實說，你們各人都不過是笑料！只有『他』最令我印象深刻，因為跟『圖坦卡門』太相似了！」臭口鄭竟指着何祈克說。

「你對我印象深刻？」何祈克露出欣喜的笑容，受寵若驚地道：「鄭 Sir，你說得對，我的快速走籃，相信比賽當日你也看到了。可是我想問，『圖坦卡門』是哪支球隊的球星？他跟我一樣是小前鋒嗎？」

臭口鄭聽後又是一記冷笑，淡淡地說：「連圖坦卡門也不懂？他是古埃及的法老王，是現存極為著名的木乃伊。」

「哦？那麼，我跟這位法老王有何相似？是否在球場上，我跟他一樣充滿霸氣？」何祈克追問。

臭口鄭的嘴角逕自上翹，說：「不，我只覺得你的皮膚與木乃伊解開裹屍布後一樣黑。」何祈克的自信眼神突然失去焦點，還踉蹌地退後了幾步，臭口鄭笑得更得意。

看到陳強和何祈克被取笑得不似人形，大舊固然忿忿不平，可是他怕若在口舌上強出頭，恐怕也會落得同一下場，只敢戰戰兢兢地說：「算……算吧……或者鄭 Sir 也有別的事做，我們……我們還是別打攪他了……」

「嘿！怎樣，怕我會恥笑你嗎？這位『豬肉佬』同學。」臭口鄭凌厲的眼神和「豬肉佬同學」的稱呼，就像豬肉刀般往大舊身上剁，叫他連丁點的反抗能力也沒有。

剛被取笑如木乃伊乾屍的何祈克，終於受不了：「算吧！別再求他了！大家也不要再打球了，那場比賽之後，我們還嫌自己出醜不夠嗎？為什麼現在站在這裏任人魚肉？」

「嘿嘿，你們這幫樣子離奇的人還怕出醜嗎？打球不是為了爭勝，而是怕出醜？如果怕出醜，你們不必求我當教練，只要到文具店買些紙袋套在頭上，再醜也沒有人見到呢！哈哈……」臭口鄭愈說愈興奮，完全找回了搶白別人的上風形勢，可憐何祈克等人央求討教又遭拒絕，即使表示放棄也難逃被取笑的厄運。

臭口鄭見他們垂頭喪氣，繼續落井下石地道：「球技不及別人，還說自己獨當一面？哈哈！你們的確長得離奇古怪得獨當一面！想打球瀟瀟灑灑贏波兼吸引女同學的目光？別做夢了！籃球這運動是不適合你們這班『樣衰』的人士參加！想贏波但又畏首畏尾怕出洋相？笑話！哈哈……」

臭口鄭開懷的笑聲迴盪於空曠的球場中。

「鄭 Sir 說得沒錯，那場比賽，大家都太拘泥於能否打得瀟灑以吸引女同學。要贏，就不要怕打得醜陋！」浩波突然朗聲說。

陳強望着浩波，想到比賽那天，就只有他為爭勝「不要臉」的在球場上亂撲，而自己和其他人，則只想到一心不要出醜於人前……

「對！雖然鄭 Sir 的話實在太過分，但也不無道理。如果我們連幾句難堪的話也受不了，如果連球場邊一些輕視取笑的目光也叫我們退縮，還談什麼取勝？」陳強盯着何祈克說。

「唏！為什麼老是盯着我！」何祈克心有不甘地說：「我並

不是怕……出……醜……」説着説着，腦海卻像錄像重播般，不斷浮現比賽時自己為怕招來其他人的取笑，寧可懶懶地站在一旁，希望讓自己跟這場丟臉的賽事劃清界線。他振振有詞的聲音愈來愈小……

「不要緊！我們不要老是為過去而耿耿於懷，因為由現在開始，鄭 Sir 會當我們的教練嘛！」浩波露出一記腰果般的眼神樂呼呼的説。

「什麼教練？別胡説！你滾開吧！啊！你這人真不要臉，這樣被人取笑還好意思要求我當你教練……」臭口鄭裝作抗拒的説。

「不，不，剛才明明是你教懂我們不要怕丟臉，我相信你毫不留情地取笑，無非是希望令我們在球場上不用拘泥於面子，盡情發揮技術。你這樣用心良苦，別人或許不明白，但我是知道的！」浩波堅定地説。

擠出一臉難色的臭口鄭躊躇了一回，才清了清喉頭説：「唔 —— 既然你們這麼有誠意，我便花點時間指導你們吧。」

「真的嗎？實在太好了！鄭 Sir，我們現在開始接受訓練嗎？」浩波和陳強齊聲喜滋滋地問道。

「別傻吧……明天，明天我便為你們安排一場重要的練習。」臭口鄭說。

一想到從明天開始，便有一個正式的教練指導他們，浩波、陳強和何祈克立時陶醉於各自的遐想中。只有大舊瞟到，臭口鄭在說完這話後竟咧出一絲陰險的冷笑，他感到自己的項背正冒出點點冷汗。

艱難一戰

第二天，浩波比平日更早上學，因為他知道臭口鄭總愛在上學人潮出現前回到學校。

「早晨，鄭 Sir ！」學校大門前，浩波探出一個笑容過於可親的臉。

「嘩！你站在這裏幹嗎，想暗算我嗎？」臭口鄭一時不懂得反應，露出一臉不悅。

浩波稍稍收斂笑容，道：「對不起，因為你昨天說會為我們安排訓練，所以想趁早了解，好讓我們能夠作好準備。」

「哦……這個嘛……」臭口鄭不尋常地笑道：「不用急，你先給我電話號碼，午飯時候我再指示你們。」雖然臭口鄭這個

要求故作神祕，但浩波知道若顯得稍有遲疑，他隨時都會託辭鬧翻，便乖乖的獻上電話號碼，然後目送臭口鄭漸去漸遠，直至消失。

好不容易等到午飯時，浩波與陳強、何祈克、大舊相約在低年級學生專用的籃球架附近集合——這是他們自比賽慘敗後第一次在校內相聚，果然才不過半分鐘，就引來不屑的目光狠狠掃射在他們身上，令他們渾身不自在。

陳強壓着嗓門，挨到浩波的耳邊説：「臭口鄭究竟在哪？我覺得自己像在人前裸體般尷尬！」

「我不知道！鄭 Sir 只是叫我們在這裏集合……」浩波應道。

「我不行了，我不行了，繼續站在這裏，我的自尊會嚴重剝落！」何祈克索性把頭顱垂得低低的，希望把臉龐埋向胸口之內。

「你們不要這樣吧……」浩波未説完，褲袋內忽然響起一陣悠揚的音樂。他一邊掏出電話，一邊信心滿滿地説：「是鄭 Sir，肯定是他！」事實上，熒幕上的來電顯示，果然不出他所料。

「喂，鄭 Sir，我們都在籃球架附近了，你在哪裏？我們怎樣開始訓練？因為這裏擠滿了人……」

「放心，我想好了！（凍檸茶少冰！）」電話筒的另一端，傳來臭口鄭含混不清的聲線：「（兩位嗎？請進來！）第一課我希望大家能夠『寓賽於操』，既可以通過比賽提升狀態和默契，又可以讓你們面對自己的弱點，哈哈哈……」不知怎的，每次聽到臭口鄭的笑聲，總令浩波泛起一份無以名狀的毛骨悚然。

「是……是嗎？那麼我們的對手是誰？」浩波問道。

「現時籃球場有沒有人打球？」臭口鄭反問。

「有幾個中一的學弟在打球……唔，是有三個。」

「好極！他們就是你們今日的對手。」

「什麼！你要我們找『form one 仔』比賽？這跟欺負小朋友有什麼分別？」或許浩波這一驚非同小可，立時觸動了何祈克的神經：「你為什麼如此激動？臭口……不，鄭 Sir 究竟說了些什麼？」

「他要我們跟這些小朋友比賽呢！」浩波說得面紅耳赤。

何祈克覺得，這提議的卑劣程度，與跟拾荒維生的婆婆

爭搶紙皮無異。他說：「我怎也不打球！難道我們還未夠糗嗎？若要這樣以大欺小……我……我實在受不了別人鄙夷的目光！」

或許何祈克的控訴實在太激動，聽筒另一端的臭口鄭似乎已全都聽進耳內。浩波繼續全神貫注聆聽臭口鄭的指令……過了半晌，浩波終於掛了線，並絕望地將電話塞回褲袋，幽幽地歎了一口氣。

陳強按捺不住問：「喂，你這算是什麼反應？別讓我們瞎猜，臭口鄭究竟說了什麼？」

只見浩波開始抖動手腳熱身，茫然地說：「鄭 Sir 說，我們最大的弱點是以為打籃球必須要有型，老是怕出醜、怕尷尬。他說真正的勝利者必須無懼別人的目光，如果我們連一些『form one 仔』也不敢面對，他是絕不會指導我們這班無膽的……」

「『的』什麼？」何祈克顯得沒有耐性。

「廢——柴——呀！」浩波刻意一字一字的吐出來，務求令何祈克知道這話是衝着他說的。

何祈克驚訝地說：「那麼你還在熱身？你不會傻得真要聽

從這臭口鄭的話嘛？他在作弄我們而已！你要做傻子，我們不會阻止你。陳強、大舊，我們走吧！」只是當何祈克走了幾步，發現除了自己舉步外，並沒人跟隨。他轉身一看，見陳強居然也跟着浩波乖乖熱身，至於大舊雖望着球場那些弱小的學弟，面露難色，但也沒有離開的意思。

「喂！你們兩個想怎樣？不是真的跟浩波一同欺負小朋友吧？」何祈克問。

正在認真地熱身的陳強，向何祈克正色道：「我覺得鄭Sir的要求並不過分，如果我們老是在球場上為顧面子而畏首畏尾，又怎會進步？而且我覺得，最需要接受今次訓練的，是你。」陳強沒有待何祈克回應，便轉過頭向球場那邊喊叫：「唏！小子，你們叫什麼名字？我們『鬥波』吧！三對三。」

場上幾位中一男生聽見這一聲呼喊，抬頭一看，只見場邊站着幾個高矮肥瘦參差不齊、惟獨外貌卻一致地如同電視劇中的小混混般面目可憎。

「我叫……Gary。鬥……鬥波？我們……只是玩玩罷了……若果你們想打球，我們可以離開，這場地你們隨意用好了。」一位小男生怯怯地說。

「噢！我們不是這意思……」自覺樣貌較其他隊友正常和友善的浩波趨前，儘量釋出善意：「我們都是玩玩，不用擔心，就跟我們這班哥哥比賽一場吧！」

幾位小男生雖然一頭霧水，但也勉強接受了挑戰。

因為何祈克寧死不就範，這一役就由浩波、陳強和大舊出戰。

看着眼前三個五呎不到的小男生：一個圓頭圓臉架着眼鏡，領帶乖乖的結得緊貼頸項；那個叫 Gary 的男生雙眼精靈，滿面戰兢的仰視着他們；另外一個更只像一個體型稍大的嬰孩，簡直令人巴不得把奶嘴送進他的口中……俯視着這幾位弱小的對手，浩波等人竟泛起一種像向小朋友行劫的尷尬，明明只要往對方身上輕輕一碰便可輕易摘下的籃板球和進攻機會，也會因為這一絲惻隱而躡手躡腳……

「咦？這幫外表看似小混混的師兄，球技似乎不比我們好呢！」那位圓頭圓臉的小男生發覺自己的體高雖然只及大舊的一半，但居然能夠在他跟前摘下籃板球，心裏反而添了一份自信，於是更猶如纏在大象腳下的一隻小老鼠般左穿右插。大舊被他搞得雙眼昏花，咫尺之間，一團黑影由下而上從他眼前掠過，稍定心神，又赫然因為那黑影的急速墜下而再次怔住——原來已經進球了。

「好球！好球！陳小章，原來你這麼會打球嗎？」飯後經過球場的 F.1B 班主任 Miss Wong，以掌聲鼓勵道。

「呵呵，才不是呢，其實是這些大哥哥要挑戰我們，起初我們還怕會大敗呢！」圓頭圓臉的陳小章一副「童言無忌」的説。

雖然陳小章的話已點到即止，但誰也聽得出——「沒料到浩波等人的球技如此不濟」的弦外之音。Miss Wong 連忙吐了一句：「那班哥哥只是稍作相讓吧……」雖然 Miss Wong 試圖減輕這班師兄的窘困，可是浩波等人已面泛鐵青。

「究竟怎麼辦呢？」浩波暗忖，面對這幾位如倉鼠般弱小又「可愛」、多少有點籃球基本功的小男生，只要他們像平時一樣在防守和搶球時稍為強硬，對方肯定沒有取分的可能，可是……「可是他們不過是中一學生，如果我們認真起來，豈不

成了真正的以大欺小？」「天使」與「魔鬼」在浩波內心激烈鬥爭，而此時 Gary 又進了一球，嬌嗔的歡呼聲再度響起。

「糟！又失手……跟這班小朋友認真又不行，但繼續這樣畏首畏尾只會丟人現眼，不如……走吧……」大舊一邊跟陳強耳語，一邊跟浩波使了個眼色，希望隨便想個藉口全身而退之際，球場邊突然傳來一陣嘩啦嘩啦的起鬨聲。原來場邊集結了十數名滿臉稚氣的中一學生，還招來幾位飯後沒事幹的高年級學生，在觀賞這場「大衛挑戰巨人歌利亞」的好戲。

「走不了，我們連惟一的生路也沒有了……」陳強看看四周的人，竟有種置身於羅馬鬥獸場之感。

既然無路可退，大舊決心豁出去，作出較硬朗的防守。浩波投籃不中後，對方的「BB 男生」雖然站在較有利的搶籃板位置，但大舊畢竟體形上佔優，二人同時跳搶籃板時，BB 男生立時被擠得一個踉蹌……掀起了場邊的一陣哄動聲。

大舊往場邊一瞟，發現十幾雙鄙夷的眼神瞄準了自己，隨之而來是一句小學圈子裏最為經典的「廣東童謠」……

「大蝦細，畀——」

或許體形愈魁梧的人，心靈反會愈脆弱，此刻大舊實在受不了這些世俗的目光，向場邊的何祈克呼喊：「我不行了！你來替我吧！」

本來已小心奕奕地湮沒在人叢中的何祈克，因為大舊這一句話，頓成眾人焦點……

「這個情勢下，若果我入替了大舊，豈不自尋死路？」何祈克像駝鳥般低頭，裝作沒聽見。

「喂！你的隊友着你入替呢！別裝作聽不見！」幾位在看戲的學長落力起鬨，朝向何祈克拍掌高呼：「入替！入替！入替！」這份羣眾壓力，終於逼使他悲壯地走上這條「不歸路」。

這時，浩波的褲袋裏再次傳出一串樂音，他掏出電話一看，正是臭口鄭來電。

「你們幹嗎？竟然連中一生也勝不了嗎？真丟臉！」浩波一接聽，已遭臭口鄭連番炮轟。

「不是……因為他們只是小朋友……」浩波捂着電話，壓低嗓門在解釋。

「哦？你們怕嗎？籃球比賽只有優勝劣敗，從不存在以大欺小，如果你們因為別人一點鄙夷目光而畏首畏尾，就永遠不會進步！這一次，我就是要你們學會冷對別人的目光，別老想

着人家怎樣看自己！只管發揮自己的水平……噗……便可以了！」浩波依稀聽到臭口鄭發出「噗」的一聲，是偷笑？是太激動？他也不曉得。浩波覺得鄭 Sir 的話不無道理，遂下定決心不理會旁人的指點，全力與對手一拚。

「你跟誰通電話？」陳強問。

「鄭 Sir。」

「那個該死的臭口鄭，把我們像小丑般玩弄，還敢厚着臉皮打電話來？」何祈克四處張望，想把他從人羣中揪出來。

「別再理會這些無謂事了！」浩波臉色一變，道：「我們就是因為顧慮太多，才會弄到這樣狼狽！我們決不能重蹈覆轍。」浩波正色道：「反正沒有退路了，無論怎樣，我們也不會得到支持的目光；若然輸給這幾個中一生，餘下這學期我們會怎樣度過，我實在不敢想像！」

陳強和何祈克自知沒有退路，必須豁出去了。

「對！望着籃球，望着籃球，我們只需要專注地望着籃球就夠了！」浩波説完這句話，他們齊心地死命盯着籃球。

小 Gary 自信地運球直向何祈克闖過去，卻發覺這位又黑又瘦的學長，竟像一頭獵犬撲上來，一驚之下，立刻把球傳給陳小章。就在觸及籃球的一剎，陳小章背部感到一陣滾燙，原來是一個肚皮狠狠擠住自己，那股力更使他跌了一個踉蹌，雖然勉強保持平衡，但籃球已從自己手上溜走。

「防守得好！陳強！」浩波俯身將滾過來的籃球黏在掌心之中，便剎住了腳步，然後再次化身成一個投籃的雕像。

「怎麼浩波每次都要花上那麼長的時間去瞄準！」何祈克看見陳小章猶如一枚導彈向着浩波胸前撞過去，不禁着急暗罵。就在二人相撞前的剎那間，這座「投籃雕像」的手腕輕輕一晃，牽引着指尖及時將籃球一送而出；同時摔倒地上的陳小章和浩波，只見籃球如一顆劃破長空的流星，與籃網擦出「颯」的清脆之聲。

投籃之後，浩波沒有一絲興奮，反而立刻站起來，朝那個剛穿進了籃框、還在地上跳彈的籃球走過去，一手撿球並扔給陳強作下一輪進攻。

「很恐怖，他們好像有點不一樣，眼神好可怕……」Gary與浩波擦肩而過時，竟感到不寒而慄，但驚魂未定，他又感應到一襲急勁的黑影從他身前晃過，當他雙眼的焦點對準之際，見到何祈克已跑到籃下高高躍起，竟還跨過了守在籃底下的小

圓臉陳小章投進這球。場邊的同學固然為到何祈克的驚人彈跳力，以及生硬得出奇的上籃姿態而嘖嘖稱奇，但更為到他這記投籃幾乎踢到陳小章的頭而露出不屑的目光。

「哈哈哈（嘩！有無搞錯——）……進了！（他幾乎踢倒那小男生呢！）我投進了！」在何祈克的世界內，只聽到自己的歡呼聲、陳強和浩波的鼓勵，還有依稀看到有同學向着他們指手劃腳，是驚訝自己厲害的彈跳力？抑或別有意思？這刻，他沒有多費心神領會。

本來自信滿滿的幾位小男生，被浩波等人的騰騰殺氣嚇倒了，此刻無論運球以至投籃都大為走樣。一方面是浩波等人已放下心理包袱，進攻的壓逼力一下子提高了不少；更重要的，其實是他們怕太過招搖的動作會惹來浩波等人更強硬的防守。結果這幾個小男生，猶如三隻闖進鬧市的鄉下小老鼠，望着何祈克、陳強和浩波像熙來攘往的車輛在球場上不斷穿插，任他們予取予攜……

索性豁出去一拚的浩波，運球硬闖入籃下；陳小章瞪眼瞄準浩波的來勢，一巴掌想要拍走他手上的皮球，浩波及時稍稍往左一晃，陳小章不僅撲了個空，而且還被甩到身後；浩波則

奮力一躍，準備輕鬆將球送進籃內。

此時鎮守在籃下的BB同學跳起攔截，但浩波沒有絲毫退縮，手腕輕輕一甩，指尖再順勢一送，雖然感覺到膝蓋像是碰撞到什麼硬物，但電光火石之間，他根本無暇理會，只顧繼續將身體飛壓向籃底。籃球劃出一道圓弧的拋物線，「颯」的一聲，浩波又再次聽到熟悉的進球擦網聲。

「嗚嗚……好痛呀……」可是進球後，傳來的並不是歡呼聲，反而是不絕於耳的慘叫 —— 浩波隨即看到BB同學果真像嬰孩一樣，跌在地上哭了起來。

「恃大欺小已經衰，還要將小朋友絆倒地上！」

「球技差便找小朋友來提升自信？真丟臉！」

「嘩！真不要得……」

場邊此起彼落的指責，令原本奮戰得起勁，甚至渾然忘我的浩波等人回復清醒。有幾個中一學生氣憤難平的指着浩波亂罵「大蝦細，畀……」的廣東童謠，又有經過的老師在搖頭歎息，也有同學在旁輕蔑冷笑。

浩波在這天旋地轉之間，卻不知人羣外的遠處，站着一個身影 —— 這人正悠閒地挨在一旁，拿着一罐可樂，微微呷了一口，碳酸水內的二氧化碳從食道反芻到喉頭，盡情地吐出「噧」的一聲胃氣。

「嘿，這班傻子，連這樣的話也相信，真好玩。」便逕自離開了。

災難．重建

下午課的鐘聲驀然響起，賽事就在眾人的噓聲中完結。對於浩波等人「以大欺小」的行為，羣眾的憤怒不久已消退；但浩波知道，可怕的日子才剛正式開始。

這幾位對籃球鐵血丹心的年輕人，雖然沒有再招來別人的謾罵，可是無論各級同學、老師，以至學校書記和校工叔叔，若不是以充滿歧視甚至怨毒的眼光盯着他們，就是投以一種惋惜其走上歪路的慨歎——這種單向的鄙夷，令各人連丁點辯駁的機會也沒有。飽受同學們的眼神和語言「摧殘」後，他們在放學後只想儘快逃離校園，第一時間回家重重關上門，隔絕今日一切的可怕回憶。

就在何祈克和陳強踏出校門的一剎，身後便傳來一聲喊叫：「喂，你們往哪裏走，往球場應該走這邊呢！」

「唉，是浩波……」二人幾乎同聲一歎。

何祈克萬不情願地轉過身來，只見浩波如常抱着籃球，一臉雀躍，彷彿已把下午的困窘和恥笑拋到九霄雲外。何祈克和陳強不敢與他在校園範圍內磨蹭，急忙挾着他遠離校門。

「喂，喂，別走得，這麼，急！」浩波像遇上兩名綁匪，被挾得連說話也斷斷續續。

「打什麼球？我們還不夠糗嗎？」何祈克張大喉頭說。

「你們又想放棄嗎？」浩波突然掙脫二人，說：「不過是稍為被人家取笑罷了，怎麼你們又嚷着要放棄練習？我們不是說過不再忌諱別人的目光嗎？」

陳強怔住了，這句話似乎要在他腦海中產生化學作用。

「你別聽他胡說！」何祈克見到陳強的面容有點異樣，信念有所動搖，便立刻喝止說：「臭口鄭只是把我們當呆子般玩耍，浩波太天真才上當，但你要清醒一點！再這樣下去，別說吸引女同學的目光，恐怕再沒有人會願意跟我們談一句話！」

陳強又望了望何祈克，腦海裏的天使與魔鬼彷彿在不停交戰。

「雖然今日的對手只是幾個中一生，但撫心自問，你們不認為我們今日的表現，的確比以往好得多嗎？」浩波繼續以眼神逼視着陳強和何祈克。「你不覺得嗎？你不同意嗎？」

陳強輕輕點頭，何祈克也安靜下來 —— 因為他們都的確感受到，當無視場內外那些輕蔑眼神和嘲笑聲音時，他們就會像運轉順暢的引擎，打出自己的高水平。

「鄭 Sir 才一句簡單的提點，已令我們看到進步的空間，為什麼你們還不信任他？」對於浩波的一字一句，陳強和何祈克已再無反駁。

何祈克歎了口氣：「唔……的確，我也感覺到今日自己在投籃方面也準繩了不少，或多或少是因為我真的嘗試按臭口鄭的話，不理會周圍的目光。」

「對……雖然今日臭口鄭要我們跟一班中一生比賽，實在令我們陷入尷尬局面，可這正正是一個最有效的訓練 —— 訓練我們如何在別人不友善的目光和氣氛下，仍然發揮出自己的水平。」陳強道。

「咦？這幾個不是欺負小孩的人嗎是呀我認得他們其中一人就是把一個弱小男生撞倒怎麼有人會這樣不要臉……」

雖然聲音微小，但他們三人亦能辨別這些話的不友善；他們背後應該還有十數對或不屑或怨毒的眼神盯着——在沒有眼神交流的情況下，三人居然同時拔足狂奔，避開別人的「掃射」。

「莫非，這就是默契？」何祈克與浩波、陳強並肩疾走時，心裏不禁因泛起這念頭而感到雞皮疙瘩。

無賴拚勁

浩波、陳強和何祈克拚命的跑呀跑，不知怎的又跑到那熟悉的球場。雖然今日「以大欺小」的一戰令他們面目無光，但當一踏進球場，各人對籃球的熱誠，又如死灰復燃的火苗再次燒旺起來，二話不説就放下背包在球場跑跑跳跳投投籃。

「哦？在練習嗎？」一把聲音在寂靜的球場邊響起，三人一望，原來是臭口鄭。

「是呀！」浩波引着臭口鄭並肩走向球場，戰兢地問道：「鄭 Sir，其實你今日有沒有看我們打球？你覺得我們的表現如何？」

臭口鄭的腦海再次浮現起他們三人狼狽萬分的情景，幾乎按捺不住要狂笑起來，但他還是強忍住，只是嘴角微微的抖動

了幾下，說：「不錯，不錯！你們今日的表現很好！雖然是小孩，但也不可以放過他們，被人罵以大欺小只是小事！哈哈哈哈……」臭口鄭終於忍不住，亢奮地狂笑。

對於臭口鄭這令人側目的反應，陳強和何祈克再次疑惑，這安排究竟是否出於臭口鄭真心的幫助。只有浩波依然不減真誠的說：「那一刻我覺得很難堪，很想放棄，但想到你說過，如果在球場上老是受別人的目光和閒言閒語影響，又怎能發揮自己的水平！」

何祈克和陳強聽到浩波這麼說，心裏其實也認同這是實情，但不知怎的，總覺得這種熱血話很肉麻。至於臭口鄭此時瞟了瞟他，笑容亦稍為收斂了，或許是因為浩波沒有正常人應有的難堪反應，竟還說有所得着，令臭口鄭很是沒趣。

「為什麼這樣盯着我？教練。」浩波問。

「嘿！別裝蒜了，不過一場普通至極的『以大欺小』比賽，便說成已參透出大道理似的，真可笑！」臭口鄭撅着嘴巴回應。

「我……我不是這意思！我當然不是因為在小孩身上獲勝而自滿，我只是想感謝你啟發了我們……」浩波連忙解釋。

「夠了夠了，不用再說了！」臭口鄭略顯不安，即時左顧右盼，看到只有浩波、何祈克和陳強三人，卻不見大舊，便把話題一轉：「大舊哪裏去了？」

「大舊？大舊早就離開了……」陳強可憐地歎息着，可是話未語畢，卻見大舊正取道球場旁的小路走過。

「咦？『豬肉佬』同學？這麼晚才來呀？『豬肉佬』、『豬肉佬』，你聽不到大家在喊你嗎——」臭口鄭的叫聲震動着整個球場，本來頭也不回只顧向前疾走的大舊，終於也停下來。

「唏，『豬肉佬』，要這樣大聲喊你才聽到，你患了重聽嗎？」臭口鄭強裝出關切的表情。

「不……」

看到大舊結結巴巴，這才是一心要作弄他們的臭口鄭最想看到的反應，他懶理浩波，趨前搭着大舊的肩膊，裝作循循善誘說：「怎麼了，今日跟那些中一生打球被人家冷眼瞟了幾眼，就想當『逃兵』？」

「不……我沒有當……逃兵……」

「嘿嘿！還說沒有？」臭口鄭舉頭一望，忽然想到另一個好玩的點子。

「我知道今日要你們恃大欺小，跟中一生打球，一定很難堪。這樣吧！現在你們跟那幾個迎面而來的年輕人打球吧！」

他們朝臭口鄭所指一看，原來是三個看起來比浩波大幾歲的年輕人 —— 卻是普通人遇上也不敢直視，免得會招來無故毒打的「古惑仔」模樣的傢伙。

「什麼……是你特意邀請他們來的嗎？」也許是忌憚於對方的惡形惡相，浩波刻意壓低嗓門説。

「不！我不認識他們，我只是想臨時改變訓練計劃。」臭口鄭淡然地説。

浩波偷偷打量那幾個人，發覺其中一人的手臂上，竟有一個大大的「殺」字文身。

「幹嗎站着不動？還不過去邀請他們比賽？」臭口鄭見浩波面上泛着不安的慘白，催促得更是起勁。

「但他們……」

「你這種心態絕對要不得！」臭口鄭嚴厲地喝道：「打球和做人一樣，除了不要動輒因別人的目光而不敢向自己的目標努力，更要有無比的勇氣！你覺得他們看起來不友善嗎？你覺得自己不能戰勝他們嗎？你就更要克服！」臭口鄭説罷，不禁也暗暗佩服自己將一番明明是作弄人的説話，説得竟像甚有道理。

浩波垂下頭沉思了一會，幽幽的説：「鄭 Sir，你的教訓不錯，若我想在籃球上取得進步，就不能懾服於對方的氣勢。」浩波苦笑道：「況且他們看起來雖然不太友善，但我不過是邀請他們打球罷了，想必不會招來對方的毒打吧！」

「唔——別再磨蹭，還不快點過去？」臭口鄭不斷催逼。

於是，浩波猶如一頭綿羊走向狼羣，上前向三個小混混提出邀請。

「□！□□□□？哈哈，這個□□叫我們打球？□□□□！真是□□！」陳強注視着遠處的這一幕，依稀聽到那位手臂紋上「殺」字的小混混説。

「小子，□□□？□□□□□。」浩波呆呆望着那位嘴裏吐出連綿不絕粗言穢語的「殺」，竟發覺除了「小子」兩字外，其餘的話他一個字也聽不懂。

「唏！怎□□呆□□着不動？又説跟我們打球？□□你！□□□快點開始吧！」「殺」一手奪過籃球，便與同行的二人向球場走來。

浩波回來，陳強一臉狐疑的問他：「你聽得懂他剛才説什麼話嗎？」

「不懂，但他既然一手奪去籃球，應該是願意跟我們打球吧。」浩波搔搔腦袋。

這時三個小混混一手翻走了身上的衣服，浩波才見到，除了那位手臂刻上「殺」字文身外，其餘二人身上也紋出騰騰殺氣——身形略胖的那人身上刻上一道猛虎文身，其獠牙正好附在大肚子之上，於是每一步所引發肚皮的震動，都現出猶如向人噬咬的惡相；至於另一人胸口上的邪惡骷髏頭文身，跟他那副如萬聖節時遊樂場演員的外貌亦匹配至極。三人矗立在浩波、陳強和何祈克跟前，儘管球賽還沒有開始，但已感受到一份令人窒息而且毛管直豎的壓逼感。

「猛虎」閃出兇狠的眼神，向他們咆哮：「□！□□□，你□開球，還□□是我們？□□十□□分鐘，打半□場！」

「什麼？」何祈克顫聲應道。

「□！你們□□□是重聽嗎？一□□句話要□□我重□覆數次！□□□□！十分鐘，打半場，我們開球，你懂不懂！」憑藉猛虎後半句較易明白的話，三人頓時茅塞頓開，拚命點頭。

猛虎凌厲的眼神、懷着肚皮上的虎相，運球猶如一輛裝甲車，直往陳強他們三人輾過去。浩波竭力克服心內的恐懼，張開乏力的手臂作攔截狀，就在他準備伸手干擾猛虎的運球時——

「消失了！」對於自己竟會泛起這念頭，浩波也覺得無稽，可是他確實見到本在猛虎掌心與地面之間彈動往返的籃球，一下子消失了！在電光火石間，他將視野延伸至籃底，見到「骷髏魔」已鑽進籃下，手腕輕輕一甩，將皮球放進籃網內。

「□！好□□□！□□，哈哈哈……」在骷髏魔與「阿殺」慶祝進球的嬉笑聲中，浩波瞟向僵直了的陳強，只見他喃喃地說：「很快，真厲害……」

「啪——」浩波感到肩頭被重擊了一下，轉過頭來，那頭咧出兇惡相的「猛虎」近在咫尺。

「□！加□□油吧！□□沒吃飯？□□□……」儘管浩波感到自己的肩胛骨像已被對方擊碎，但猛虎臉上並無一點惡意。浩波初時對眼前三位小混混的懼怕，也隨着肩上那陣隱隱

作痛而慢慢消散。

猛虎這回重施故技，又是蠻牛般運球直衝過來。「□！這個□□有□點不一樣，這樣才好□□玩呢……」猛虎看到浩波迎向自己，面上的懼色已減，雙眼專注地盯着籃球。他亦猶如嗅出血腥味的猛獸，直撲向浩波。眼見對方一副撲殺的模樣，何祈克和陳強不禁替浩波擔心，可是浩波此刻眼內只有籃球，整個身體亦紋風不動，只有右手的指尖一點一點在微微抖動，似是附和着猛虎運球時皮球彈地的節奏。

「喝！」浩波大喝一聲，他的右手如游隼直朝向籃球戳過去，雖然赤痛通過尖指直刺向腦袋，但浩波仍現出勝利者的微笑，因為皮球已應聲被他戳出場外。

浩波立時瞧向球場邊，想要找尋鄭 Sir 對他賣力表現的認同目光，卻發現鄭 Sir 早已站得老遠，一副準備隨時遁走的樣子。雖然如此，但見到臭口鄭遠遠豎起拇指，浩波彷彿感到自己的進步得到肯定。

「□！你這個□□，果然□□□□……」阿殺睥睨着浩波，而骷髏魔雙眼亦露出凶光以「粗口語」和應。

陳強和何祈克早已作好準備，當小混混一有異動，便發足狂奔，二人正不動聲色地以碎步後撤出球場……

「□□你個□！□□□，□□好□波！」話未語畢，浩波感到另一端肩膊傳來一陣劇痛，一望，原來又受到猛虎另一次重扣。

「糟糕糟糕，浩波似乎真的惹怒了他！」何祈克一邊跟陳強說，眼睛一邊盯着放在球場邊的背包，準備隨時極速逃走。

「你倆呆□□幹嗎？□□□，快點拾□□籃球，是你們□□的球呀！」骷髏魔突然轉過頭來呼喝他倆，而何祈克就像一位頂尖的短跑高手般，對方才吐出第一個字，他便已轉身起動遁走。

「何祈克，別跑呀！」浩波從後喊叫，何祈克停下腳步，內心一片混亂：「浩波被那幾個小混混挾持，向我求救嗎？他們會否禁錮我們，然後招來其他童黨，把我們虐殺？」他愈想冷汗便冒得愈厲害。

這時，他聽到浩波喊道：「喂！是我們的界外球，你倆跑得老遠幹嗎？要專心比賽呀！」

「對！你兩個□□，是不□□尊重我們嗎？」猛虎兇神惡煞地說。

何祈克和陳強聽到這番威脅，猛然記起在電視劇情節中，那些惡人對懾服於自己淫威下的人，往往會愈發不屑；但對敢於抵抗者則反而會多一分敬重。想到這裏，他們便生出拚死一搏的決心……

就在他們回來準備認真作戰時，浩波往球場的遠處望去，卻已不見了鄭 Sir 的踪影！他四處張望，赫然見到一位女生正急急從場邊趕路，就在二人眼神相遇之際——「咦？是那個『小三八』雪樺？」大概因為浩波不僅「以大欺小」，而且現在還跟壞分子為伍，雪樺的眼神中透出一絲蔑視。但浩波已無暇將注意力放在她身上。他向陳強使了個眼色，陳強立時意會，直趨向籃底。

猛虎本來看不起垃圾桶身形的陳強，但驀然發現他的步履，竟矯捷猶勝颶風下翻飛的垃圾桶，入楔空位接過了浩波的傳球。猛虎不敢怠慢，一個箭步跟上前要搧走他手上的籃球，但陳強立時回傳給浩波。猛虎隨即轉過來撲擊浩波，阿殺亦從旁夾擊。浩波彎着身子，蠻牛似的一拐一碰從兩人中間衝過去。看到他生硬的運球技術，還有沒腦子的直衝，阿殺「嘿」的一聲冷笑，稍稍移了一步，便與猛虎穩穩地卡住了去路——

浩波雖然勉強避過與阿殺和猛虎撞在一塊，卻無法避免失足絆倒地上……

「□！你這個□□犯不着這□□麼拚命，□□……」阿殺伸手想拉起倒地的浩波。

浩波抬起頭來，竟咧出一絲奸笑：「嘿嘿……你們中計了……」阿殺聽到背後傳來急促凌亂的腳步聲，轉頭一看，發現籃球不知怎的竟已傳到何祈克手中，而且他更像鬼魅一樣引着皮球左晃右晃，把防守他的骷髏魔晃倒在地上。何祈克順勢把球傳給陳強，陳強從容在籃底下起手，皮球「颯」的一聲入框。

「□！究竟發生□□事？」猛虎和阿殺摸不着頭腦。

浩波沾沾自喜地説：「哈哈，你們見我沒頭沒腦的衝過來，便只想到靠身體擋住我的去路，卻忽略了雙腿猶如中門大開！我是故意摔倒的，就是想趁機把籃球從你的胯下傳給隊友，嘻嘻……這是障眼法，嘻嘻……」

「障眼法？□！你□□這樣也算是障眼法？」看到浩波的手臂上已泛起一道殷紅傷痕，褲管亦磨穿了一個破洞，阿殺不禁失笑。

猛虎直接指着浩波手臂上的損傷問：「傻子，幹□□嗎這麼拚命？有病嗎？」

浩波瞟了瞟手臂，掃撥身上的沙泥，笑說：「不礙事，打球當然是要拚命才好玩。」這句簡單的回應，竟令阿殺收起嘻皮笑臉；看着浩波的傻勁，他也認真地說：「好，不□□說□太多，快□點開球吧！」

猛虎卻看出阿殺此時的眼神，閃出了一種執著。

「嘿——」阿殺大喝一聲，憋着氣高高躍起，從浩波頭上拉下一記籃板球。可是他自己卻失去平衡，一屁股坐在地上，皮球亦滾掉了。眼見機不可失，浩波連忙拾起滾到自己跟前的籃球，躍起投籃。可是倒在地上的阿殺，不甘於浩波輕易撿走這進球機會，於是拚盡全身勁力，乘浩波投籃時一手拉住其懸在半空的小腿——

「哎呀！」浩波慘叫一聲，雙腿石化似的僵住了，皮球最後連籃框也碰不到便掉了下來。

「哈哈！你這球不□□進！」阿殺冷笑道。

「無賴，你簡直是無賴！抽……抽筋……」已經耗盡體力的浩波，突然被阿殺一拉後腿，雙腳變成了一雙不能屈曲的義肢。在劇痛難忍之下，他一手按着阿殺的頭顱，再彷彿歷盡萬苦千辛，才能勉強坐在地上。

「□！□□□□，別按□着我的頭顱！」阿殺待浩波坐下以後，便狠狠的撥開他的手說：「你這個□□，打籃球就是這□□樣！犯規都□□是戰術，大□□不了讓你兩□□罰球！」

「嘿！這兩記罰球我當然會射！」不知是氣上心頭，還是抽筋導致肌肉緊張血氣亂行，浩波變得一臉面紅耳赤。何祈克看到浩波竟然跟那些不相識的小混混吵架，便急急走近，在他耳邊輕聲說：「唏，你傻了嗎？竟然跟小混混爭執，萬一惹惱了他們……」

「哈，射吧射吧，隨□□你喜歡——真□是好好玩你這個□□真的□□有趣。」阿殺索性躺在地上，雖然全身乏力，卻咧出滿足的微笑。

此時猛虎和骷髏魔則從後搭着何祈克與陳強的胳膊，雖然他們的文身依舊慑人，但臉上的惡煞卻褪去不少：「□！你倆

也□□，真□□□，好玩。」

「□，□□□，□□□□□，□□？」或許是體力耗盡的關係，陳強和何祈克也發覺腦袋對阿殺的「粗口語」丁點也無法明白，但浩波反而頭頭是道的應說：「我也很開心呢，你們也的確厲害，明天再來一場如何？」

「□□，□□□！□！」猛虎亦以一番外星語回應。

「沒事的，休息一天我就會好了。還有，雖然今天輸了，明天我們一定會復仇！」

「□，□□！再見。」阿殺等人逕自離開球場。

「喂，你竟然聽得懂他們的說話？剛才究竟說了些什麼？」這刻困擾着陳強和何祈克的，仍是這個疑問。

「毒婦」蛋糕

晚上七時，這個荒廢了的球場並沒有亮起燈光，只有路旁的街燈餘光從鐵絲網中透射進來。驀然一個只有半截身軀的黑影在晃動——

「呀！鬼呀！」一把尖銳得幾乎連空氣中的氧和氮分子也能刺穿的叫聲，劃破了黑夜。

那半截黑影似乎也吃了一驚，發出一輪嘰哩咕嚕：「真麻煩，誰在大呼小叫……」

那一位發出尖叫聲的女生，遠離在鐵絲網外小心打量一會後，便指着那半截身軀大嚷：「吳浩波！是你嗎？你是否被剛才那些小混混『腰斬』，所以只剩下半截身軀？」

浩波從這句刻薄的話中，認出了雪樺。

「你這個人真多管閒事！這麼晚了，你折返球場幹嗎？別說你在暗戀我。」浩波不忘反擊道。

「唉，你節省一點吧！每晚補習之後，我也會經過這球場回家，況且有誰會暗戀你這種笨蛋呢？除非她有德蘭修女般的愛心。」聽到雪樺以熟練的搶白回應，浩波隨即就後悔了，因為跟抬槓天分極高的雪樺鬥嘴，惹麻煩的肯定是自己。

果然，看見浩波如一尊天壇大佛席地而坐，紋風不動，雪樺突然靈光一閃，在街燈的折射下，咧出幾顆反光的牙齒，裝出一腔假意關心的聲線說：「咦？吳浩波同學，那些小混混和你的朋友們早就離開，為何你仍坐在這裏？……你不會是抽筋，連腿也提不起吧！」

除了風聲，還有浩波稍稍扭動身體時跟地上碎石刮出的沙沙聲響外，四周格外寧靜。

「怎麼？為何不應我一聲？」雪樺挨到鐵絲網前，浩波發現她彷似在獰笑。

「我……根本……沒需要向你交代……」浩波支支吾吾地說。

「哈哈哈，是嗎？那麼你留在這裏慢慢休息吧——噢！現在七時多了吧？哎喲，我要回家吃晚飯了，明天再見！呵呵……」雪樺的笑聲，隨着她的腳步聲漸去漸遠。

「可惡！這個長舌婦，見死不救早已是我預料之內，竟還要揶揄我一番，真可惡！」浩波憤憤不平，雙手則不斷搓揉着抽筋的小腿肌肉。

「咕——」更不爭氣的是，他的肚皮在咕咕作響。「唉，活見鬼，活見鬼！」就在浩波大歎倒霉之時，突然「啪」的一聲，一件軟軟的東西打在他的頭顱上。浩波伸手往背後探摸，原來是一包小蛋糕。

「咦？難道上天也憐憫我，故意送我這包蛋糕？」或許真的是餓得發慌，浩波想也不想便打開了包裝袋，把蛋糕往嘴裏塞。

「上天才不會憐憫你這種『以大欺小』的人呢！笨蛋！」一把熟悉而刺耳的聲音直貫耳膜，浩波不用回望，也知道這人是雪樺。

「你……為什麼又回來了……不是回家吃飯嗎？」嘴巴塞滿了蛋糕的浩波，嘰哩咕嚕地說。

雪樺走近浩波身後，以膝蓋撞了撞他的肩頭說：「雖然你為人不好，但見你在球場落難，我也不能見死不救……怎樣了？是否仍痛得站不起來？」雖然仍舊是尋常的語氣，但雪樺這番話顯然少了一點針鋒相對。

「體力過度透支吧，腿仍在抽搐，但只要再多坐一會，便會慢慢復原。」浩波亦減去剛才的警戒。

雪樺端出一副幸災樂禍的笑臉，搖搖頭說：「哈哈，你的戰友統統見死不救，任由你獨個兒在抽筋？證明你的人緣有多糟！」

「是我叫他們先走的── 這根本只是小事，難道要婆婆媽媽地扶我回家，才算是戰友？真膚淺。」浩波淡然的說。

「哈哈！那麼你真是笨蛋，又要強裝瀟灑，卻又連丁點回家的力氣也不留下，淪落至呆坐在球場幾小時，哪有人會像你

一樣無聊？」

浩波盯着放在身旁的籃球説：「只要你敢於投入自己喜歡的事情，你就會明白我為何會這樣『無聊』。」

「怎樣？還想跟我鬥嘴嗎？」雪樺在黑夜中閃出一絲凌厲的眼神。

「你這個吃『麻辣火鍋』長大的女人，我哪有你搶白的本事？」浩波失笑道：「其實我知道你和很多同學一樣，笑我不自量力大出洋相，笑我以大欺小，笑我打球這麼賣力但球技仍是不濟……我又怎會不知道，自己愈努力，便愈成為眾人眼中的傻瓜、笑柄？不過後來我想通，其實哪個人沒有自己的興趣和目標？我最『奇怪』的地方，只是敢於不惜一切地投入罷了。」

雪樺稍作認真問道：「所以……即使同學在背後怎樣取笑，你也依然本着你那一股傻勁打球？」

「哈哈……這不過是小意思吧！經常被你們恥笑，雖然有時心裏都會感到難堪，但我大部分時間已麻木了。」

雪樺這刻發現，原來這個傻頭傻腦、身上會發出陣陣汗臭的浩波，原來竟懷着這番沉實和志氣。她突然為着自己平日毫不留情搶白浩波而感到面紅耳赤，一時間接不上話來；同樣，平日只會跟雪樺作無聊鬥嘴的浩波，這刻竟然會和她真誠地談起心事來，也頓時泛起些許少男的害羞 —— 幸而在暗黑的環境中，雪樺並沒察覺。

霎時間，空氣凝住了，浩波挖空腦袋，想找一些尋常的話題，好解救這剎那的窘態，但不知怎的平日明明找到些話題跟雪樺抬槓，這刻卻吐不出一句話，直至……

浩波忽然捧着肚子，眉頭緊皺：「好痛，我的肚子突然很痛……」

「什麼？你肚痛？」雪樺驚呼，暗自呢喃：「那件蛋糕不是如此見效嘛……」

「什麼蛋糕……見效？你……你剛才究竟給我吃……吃的是什麼？」

雪樺別過臉，吞吞吐吐地說：「蛋糕，普通蛋糕罷了，只是……」

「只是什麼？」

「只是……過期兩天……」

「過期！」可是浩波想到若不是自己吃了，便會是雪樺吃

下這蛋糕；他強忍着肚子的痛，問道：「為什麼……你會帶着這個過期蛋糕……難道你平日也吃過期食物？」

「唏！當然不會啦，你當我是傻瓜嗎？」雪樺的回應大概超出了浩波的意料，但他仍沒有發作，極力壓着聲線，繼續平和的問：「那……那你為什麼……給我……吃？」

雪樺又是頓了頓，才緩緩地說：「那是我兩天前忘了吃的早餐，一直放在書包裏，本來我想扔掉它，但你說餓嘛，而且我想那個蛋糕只不過過期兩天，便……」

「毒婦！毒 —— 婦 —— 你這個毒婦（咕 —— ）……」浩波的怒火隨着屁聲一併發泄出來，令他又羞又怒，口裏只是不住嘮叨：「唉，毒婦，毒婦。」

雪樺見到本來已經提不起腿的浩波，這刻還要忍受肚子絞痛之苦，心裏有點過意不去，但又自覺闖了禍，除了想到盡快遁走逃避，腦海裏根本沒有別的方法。

「對不起，我不是故意的。我先走了，免得惹你生氣。」浩波還未及回應，雪樺已背上書包，頭也不回地消失在黑夜之中。

「可惡……」浩波板着已發青的臉，發出低吟的悲鳴，但只有路過球場的流浪犬吠叫回應。

「吳浩波今天沒有回校嗎？」上課鐘聲響起後，雪樺問坐在浩波鄰座的 Psyche。

「是嗎？又如何？」Psyche 奇怪為何雪樺突然如此關心他。

「他不會是遇到什麼意外吧，」雪樺逕自喃喃自語，「其實⋯⋯昨晚不應該留下他獨自一人在球場⋯⋯」

Psyche 愈聽愈是摸不着北，於是，雪樺將昨晚在球場發生的事如實說出來。

「哈哈⋯⋯太精彩了，我們平日受夠了吳浩波的汗臭攻擊，昨晚對他絕對是最好的懲罰！只是估不到你這麼痛恨他，竟然會這樣坑他，怪不得他說你是毒婦呢！」Psyche 樂呼呼的說。

聽到 Psyche 這麼說，雪樺的眉頭皺得更緊，「咦」的一聲嬌嗔：「我才沒那麼壞心眼！我真的因為他嚷說肚餓，才給他那件蛋糕。我以為蛋糕才過期兩天，他平日又那麼骯髒，腸胃應該早就習慣吧。」

「唔——正如流浪狗習慣在垃圾箱內找東西吃，腸胃也較一般寵物耐髒。」Psyche 一臉認真地説。

「對呀對呀！我也是這麼想，誰會想到只是過期兩天的蛋糕，他竟然會受不了。」雪樺有點釋懷。

「哈哈，你真的這麼想？你真的把吳浩波當成流浪狗？哈哈……」Psyche 失控地大笑。

「喂！連你也向我搶白嗎？」雪樺提高嗓門：「我的意思不是把吳浩波當成流浪狗呀——」

「胡……」突然課室內傳來胡胡作響的怪氣聲，雪樺和笑得正兇的 Psyche 抬頭一看，在頭頂上耀眼的光管照射下，一個頭顱背着光線站在跟前，那陣熟悉的汗臭令她倆頓時明白，此人正是浩波。

「你沒事嘛？昨晚的事真抱歉，我不是想一走了之，但我怕你怒氣未消……」雪樺眼神閃爍，始終不敢正視浩波。

浩波先把籃球滾進桌子下，然後像慢鏡般讓屁股慢慢坐在椅子上，臉上的痛苦神情，顯然仍處於肌肉疲勞疼痛的狀態。雪樺見他沒應上半句，以關切的口吻問道：「昨晚你累得那樣子，剛才還打球嗎？」

對於昨晚的事，浩波心裏還有點氣，可是為免冷言相向反會惹來雪樺一輪冷嘲熱諷，加上大概也感受到她的慰問算是出自真心，便回應：「我沒事……你別再作弄我便好了。」

浩波說完這句話後，雪樺出奇地沒再接上一句，也再沒絲毫異動 —— 就如暴風雨前夕的寧靜。浩波刻意裝作若無其事，雙眼不尋常地定焦在書本；直到小息的鐘聲響起，為避過這份尷尬，浩波馬上捧着籃球、拖着疲憊的後腿竄到球場。他一如往常地跟低年級的學弟爭搶投籃，但腦中卻不停盤算：「那個雪樺會否因我剛才的話而向我報復？在我的椅背塗上超能膠水？抑或把一些可怕的東西塞進我的書包？……」浩波愈想愈怕，於是罕有地未到上課鐘聲響起就急急走回課室，只見到雪樺和 Psyche 如常談笑，更覺得是假裝出來的從容。他立刻打開背包一看，果然發現有一件異物，上面還貼着一張小紙條，以紫色墨水筆寫下幾個字：

> 今早買的，保證沒過期 ☺

過了良久，浩波兩頰漲得滾燙——他為自己竟一直以小人之心忖度雪樺而感到尷尬，卻又不知應作何反應……不知呆了多久，浩波才鼓起勇氣，垂着頭從口中漏出「謝謝」兩字，便急急別過面裝作忙着自己的事。

「啪——」可是話才剛吐出，一聲巨響和劇痛突然從肩膊一直傳到心臟，浩波感覺到自己的心臟像有百分之一秒的停頓。他勉強抬頭，看見一條充滿氣根的玉臂還未從他的肩上撤走，沿着手臂往上望，就在視線觸碰的一剎——

「不用客氣。」雪樺丟下這句話，咧出一絲冷笑，便從容地步出課室。

Part 3

殘酷真相

大有來頭

對於昨日騙得浩波等人跟那些疑似黑社會分子「練習」，臭口鄭多少也擔心這惡作劇會否太過分。直至在學校早上集會時間，看見浩波等人無恙，臉上也沒有明顯傷痕，這才鬆一口氣。

午飯時，臭口鄭與浩波在走廊上碰個正着，即時抓住他好奇地問道：「咦？昨日的練習怎樣了？」

「謝謝教練！你安排的對手真令我們獲益良多！」浩波真誠地亮出感激的眼神。

「呵呵……是嗎？」臭口鄭看到他們平安如常，心裏倒舒了一口氣。

浩波抓抓頭，傻笑說：「對呀，真的很感謝你！他們還讚我們打得不錯哩，當知道我們原來有教練指導，他們更嚷着要見見你，還相約今天放學後再一起打球！」

「什麼！你說笑吧！」臭口鄭額角冒出豆大的冷汗，心想，還是不宜招惹那些黑社會分子，便說：「哦……好吧！你們放學後先到球場去，我做完手上的工作後隨即趕來！」當然，他心裏早就打算到時會溜之大吉。

「好呀！」浩波卻對臭口鄭的話深信不疑。

可是，放學後，當臭口鄭踏出校門一刹，正準備往球場的相反方向遁走時，一把熟悉的聲音便在人叢中響起：「猛虎哥，就是他！那位先生就是我們的教練！」

臭口鄭怔住了，回頭看見浩波正喜滋滋的指向自己，而他身旁則站着幾位身形魁梧、外表看來絕非善類的金髮青年。

「哦……咦……浩波同學……我們不是相約在球場等嗎？為……為什麼你在這裏……埋伏我？」臭口鄭嚇得結結巴巴的説。

「□！□□□，你□□好呀，你就□□□是□□的教練嗎？」猛虎雖然咧出善意的笑容，但臉上經年累月烙印着不少殺氣，看起來仍煞是嚇人。

即使平日搶白別人毫不留情的臭口鄭，面對這幾位惡煞，亦只懂繃緊地陪笑。就在此時，一條刻上青龍的手臂突然進入臭口鄭的視線，只見矯健的青龍橫空閃出，還未及作出反應，便已被牠緊緊纏在脖子上……「青龍」的身上混和着煙氣和體味，幾乎讓臭口鄭昏厥。

「喂，浩波，□□□，他□□就是你們的教練嗎？」「青龍」稍稍從脖子上鬆開，臭口鄭連忙掙脱並立刻轉頭來打量，發覺這個臂上紋着青龍的年輕人，從背心的夾縫中還透出一個骷髏文身。

臭口鄭急忙應道：「教練？不不不……別這樣稱呼我……」

「哎呀，鄭 Sir，你別這樣謙虛！」浩波又跟猛虎等人説：「他真是我們的教練呢！」

聽到浩波這番話後，他們也不再理會臭口鄭的否認和申辯，喜滋滋的把他挾到籃球場去。

臭口鄭實在無法分辨，這幾個言談中夾雜笑容與大量髒話的「疑似邊緣青年」，究竟是發自真心的善意，還是暗藏殺機。總之，臭口鄭無法估計到那幾個文身人的反應，只得安分地坐在看台上，觀看他們與浩波等人酣戰。

在這種悶極無聊的狀況下，臭口鄭呆呆地望着球場上那幾個拚命追逐着籃球的傻子——才發覺，原來這是他第一次稍為認真地看他們打球。老實説，球場上的幾個人，不僅打球不夠瀟灑，而且以他們如此平平無奇的球技，卻為每次進球和丟球牽動得七情上面，令人看得不禁泛起雞皮疙瘩。

「唉，這幫人真是傻子，球技九流，但卻拚盡了勁去打，難道他們都幻想自己是在打 NBA 的比賽，有數以萬計的球迷為他們打氣嗎？真是天真至極……」臭口鄭口中雖這樣喃喃自語，心裏卻不自覺地對他們能擁有這種拚勁閃出一絲欣羨。

「□！我們□□表現怎麼樣？」猛虎突然走到場邊，向臭口鄭喊道。

臭口鄭戰戰兢兢地説：「幾……幾好……」

還未待臭口鄭把話説完，浩波便立刻插嘴：「教練對我們很嚴苛的，每次也把我們批評得體無完膚，你要作好心理準備接受批評才好，哈哈……」

猛虎覺得臭口鄭對他的評價異常客氣，跟浩波所言實在相距甚遠，便聯想到臭口鄭並非在説真話。

「我要你講真話！不要客套話！」雖然猛虎這句罕有地沒夾雜任何髒話，但臭口鄭卻被嚇得渾身毛孔擴張，因為猛虎厲出凶狠的眼神，噬出獠牙，一副要把人生吞活剝的樣子。

在這兩難局面中，臭口鄭意識到客套行貨話根本滿足不了他，可是如果如常說出揶揄的話，死相會同樣難看。

「這個嘛……這個嘛……」

「教練，你不用拘謹，只管說出心裏話吧！」浩波咧出天使般的微笑。

事到如今，臭口鄭惟有大着膽子，深呼吸一口氣，說：「我剛才有一種置身金山郊野公園的感覺。」

「金山郊野公園？是什□□麼意思？」骷髏魔狐疑問道。

臭口鄭說：「你們見到籃球便擁着去搶，就像金山郊野公園的猴子去搶途人手上的膠袋一樣……」

「□！你這個□□，活得不□□耐煩嗎！」骷髏魔趨前一手揪住臭口鄭的衣領，浩波卻及時擋在前頭把二人分隔開，只見他吃吃地陪笑說：「別動氣別動氣，果然名不虛傳吧！我早就說過教練的批評不是一般人能忍受得住。」

「我的拳頭也不□□是尋常的□□能受□□得住！」已被憤怒沖昏頭腦的骷髏魔咆哮。猛虎知道臭口鄭這話真的惹怒了骷髏魔，便立刻上前虛張聲勢的大罵臭口鄭一頓，實質是疏導那股憤怒的情緒。

臭口鄭急急退到浩波和猛虎身後，有點受驚地說：「是你們要我說真話呀，如果沒胸襟聽取我的意見，我不說好了！」

骷髏魔厲眼瞪着臭口鄭喝道：「你這□□！說我們沒□□胸襟？好，既然你把自己說得□□厲害，就告訴我們怎□□樣改善！說□□不出什麼，你當心！」

「好呀，鄭 Sir，你一於好好的指教我們！其實我們明明每天都努力打球，但技術上總是無法突破……」浩波也樂呼呼的附和着。

臭口鄭冷汗直冒，看到浩波熱切期待的眼神、骷髏魔和阿殺瞪目以待，他深明若自己不能裝成一個像樣的籃球專家，一定會被這班壞分子「肢解」。他竭力抑壓着緊張的情緒，不斷從腦海中搜索平日觀看 NBA 比賽直播的片段，回想評述員對球隊戰術和球員表現的獨到見解……

「你們根本只是停留在各自為戰的街頭籃球，既不懂作區域聯防，亦完全沒有『拆擋』意識！例如你剛才的那一球——」臭口鄭突然狠狠的指向骷髏魔：「若果你當時能夠以一招『no look pass』傳給你身後的隊友，根本已可輕易擺脫浩波的『繞前防守』！」

骷髏魔雖然記不起臭口鄭所指究竟是哪一球，但聽到他以極專業的口吻點出大家的種種不足，亦立時被這份氣勢壓倒，噤聲不語。

臭口鄭見狀，發現這樣雜七雜八混着大量專業術語竟能蒙混過關，便繼續吹噓道：「要提升防守能力，不能只一味死纏着控球者！要預測他的路線，更要留意其他隊友的走位，這樣無論他是作個人突破還是傳交予隊友，你也能早着先機，逼使對手出現失誤！」臭口鄭愈説膽子就愈大，胡謅起來更見頭頭是道，「你們説！像你們這樣不帶腦袋打球，會有什麼進步？」

各人被臭口鄭批評至目瞪口呆，何祈克卻在呢喃：「怎麼他的話跟電視上 NBA 評述員的口吻差不多……」

臭口鄭心裏一慌，為免這份懷疑蔓延開去，索性以誇大來掩飾虛謊：「我要麼不做教練，要麼就要將最先進、最優秀的籃球哲學傳授給你們！我曾經有半年時間到 NCAA 美國大學籃球聯賽觀摩，籃球哲學自然跟 NB……A 差不多——」或許連他本人也自覺心虛，最後幾個字竟説得溫溫吞吞。

「什麼？ NCAA ！鄭 Sir 原來你踏足過美國大學籃球聯賽？這是絕大部分球星晉身 NBA 前都打過的聯賽呢！太好了太好

了，鄭 Sir 你肯教我們，真是太好了——」浩波幾乎激動得催出淚水。

「哦……怪不得你這麼囂張，原來你這個□□有點來頭。」原本兇巴巴的猛虎也稍為收斂，開始露出一副虛心受教的表情。

這幾個一般人遇上也會害怕得退避三舍的文身青年，此刻竟顯出一副由衷敬佩的模樣，臭口鄭看在眼裏，的確有種説不出的優越感。當然他也明白到，若果他們有朝一日知道真相，他的遭遇，稍有惻隱之心的人也不敢想像。

來，打一場真正比賽！

這段日子，臭口鄭嚐到明明盡情揶揄別人，反會得到由衷尊敬的快感——

「大舊！怎麼你體形這麼大，防守能力卻這麼差，你的身體是用海綿造的嗎？」

「骷髏魔，我説過很多次，我．們．是．人．類，不是西班牙鬥牛 okay ！你不要見到人家控着籃球便發瘋般追纏別人！」

又指着浩波說：「你為何每次運球也像一個行動不便人士？」各人聽到連番的搶白，頓時放聲大笑——

「這位『垃圾桶』同學，你還好意思取笑別人？」陳強感應到臭口鄭準備將矛頭指向自己，立即硬生生收起笑容。

能夠有一班傻子願意被他肆意戲謔，臭口鄭覺得實在愜意，尤其是連猛虎和骷髏魔這等壞分子，竟然在自己的搶白下亦顯得服服貼貼，更叫他的自豪感以倍數提升。臭口鄭更想出不少看似嚴格訓練，實質是捉弄他們的好玩點子，例如：

- 近距離狠狠地把籃球往他們面門擲過去——說是訓練反應和接球的手感。
- 要求腰板生硬的他們做「拱橋」動作——說是訓練他們的腰力。
- 在訓練時落敗的一方，會遭受「射龜」的懲罰（即背向着一字排開，然後供臭口鄭以籃球勁射取樂）——說是鍛鍊他們對勝負的執著和提升忍受痛苦的能力。
- 臭口鄭携同私家惡犬追噬他們——務求練出驚人的爆發力。
- 要各人輪流站在籃框下，當籃球射入掉下來就正中那人的頭顱——說是利用這種互相虐待的訓練來提升他們投籃的準繩度。

從此，訓練浩波他們便成為臭口鄭每天最大的娛樂。當然，為了這遊戲「長玩長有」，讓他們繼續相信自己確曾到美國 NCAA 籃球聯賽學藝，臭口鄭的準備工夫可少不了 —— 除了更認真地收看電視 NBA 直播賽事，細味評述員對球賽的分析，挑選合用的元素來「指導」他們之外，他還悄悄到圖書館借閱一些講解籃球入門技術的書籍，好讓自己這個「教練」能扮演得似模似樣。

某日，在一輪同樣消耗體力與尊嚴的訓練之後，各人疲憊得席地而坐。浩波突然神神祕祕的說：「讓我拿一些東西給大家沖沖喜吧！」

猛虎沒好氣地說：「別賣關子，快點拿出來吧！」

浩波從背包中徐徐地掏出一張紙 ——

「真無聊，不過是一張筆記罷了，故弄玄虛！」何祈克也沒好氣地應道。

「嘻嘻……這不是一張普通筆記紙，而是——」浩波興奮地揭盅：「『十八區籃球比賽』報名表！」

何祈克和陳強立刻歡呼起來，骷髏魔則刻意裝酷，冷淡地說：「唉，不過是一張報名表，有什麼值得雀躍？」

「比賽呢！這是全港性的比賽，怎會不興奮？」何祈克霎時士氣高漲。

「對呀，像我們這樣連校隊也不能入選，想參加學界比賽根本沒可能……可是作為一個『球員』，怎能未嘗過一場痛痛快快的正式比賽？」陳強說時緊握拳頭。

「咦？『垃圾桶』你怎麼說自己沒參加過正式的比賽？早前的班際籃球比賽你們忘了嗎？你們洋相盡出，成為校內一時佳話呢！嘿，以你們打球的資質，還是無謂故作熱血了，很嘔心呢！」臭口鄭冷笑說。

浩波對臭口鄭的揶揄不表贊同，搖頭說：「鄭 Sir 你此言差矣！我們現在已不再是吳下阿蒙，何況我們有你這位 NCAA 級的教練指導，難道還要怕那些拉雜成軍的業餘人士嗎？」

「我——」臭口鄭欲言又止，猛虎正色地說：「浩波、陳強、何祈克，你們說得對——我也想痛痛快快比賽一場！」

「哈哈……猛虎，我完全明白你的感受，或者你平日的生活只是閒閒逛逛撩事生非，能夠認真地打一場比賽，可能已是你生命中最有意義和建設性的事呢！」浩波竟忘形得跟猛虎搶白。

「□□□，□□□□？□！」猛虎雖然以連番的「粗口語」回應，嘴角卻難掩一抹嬉笑。不過他接着的一句：「我們現在靠鄭 Sir！如果贏不了，我也不敢想像自己會有何反應！」卻叫臭口鄭聽得冷汗直冒。

「慢着！現在才不過看到報名表，犯不着這麼興奮，因為這個比賽向來吸引很多人參加的，我們不一定有機會……」突然大舊清醒過來。

各人的興奮情緒一下子冷卻下來，臭口鄭繃緊的面容反而立時放鬆下來：「哈哈，原來才不過拿了報名表嘛……」

浩波卻自信地挺起胸膛說：「這不是單純一張報名表，而是一張已蓋上『申請成功』印章的報名表！」浩波一邊洋洋得意地向眾人展示報名表，一邊續道：「這個比賽有過千隊報名參加，不少名額也早已分配給學校及其他團體，像我們這類自組球隊，只能靠抽籤碰運氣……想不到我的運氣不賴，居然一擊即中！」

大家歡呼一聲，心情又再高漲起來，七嘴八舌地起鬨——

「咦？怎麼你把我們球隊的名字改為『真係勁』？很老套呀！」

「對呀，這根本是一個馬名，絕不似球隊名呢！」

「原來我們首仗的對手叫『玉面飛龍』！不知道是什麼組合？」

「天曉得！總之能夠比賽，哪用理會是什麼人呢……」

只有臭口鄭失神慘白地附和道：「哈哈——是嘛是嘛……」說時，心裏竟湧現出他朝謊話被識穿以後，自己身首異處的情景。

自從報名參加「十八區籃球比賽」之後，何祈克、大舊和陳強為了專心應付臭口鄭那種挑戰體力和精神自尊的訓練，已甚少在學校的籃球場出沒。只有浩波，仍舊是每逢小息及午飯時候，樂此不疲的與一眾初中學弟爭射籃框，縱使招來鄙夷的

目光，亦毫不面紅。

這天，他如常在操場與一大班學弟投籃混戰。籃球敲中籃框，彈到老遠，浩波匆匆趕去場邊撿球時，聽到一把熟悉的聲線：「唉，你又在欺負小朋友嗎？好心吧你，別剝奪了他們的籃球時光！」浩波不用看也知道是雪樺。

「我哪有欺負他們？大家不過是各自射自己的籃罷了！」浩波含冤地説。

雪樺搖頭歎道：「你真是一個怪人，沒日沒夜地打球仍樂此不疲。」

「我要備戰嘛——」浩波嫻熟地拍着球説，「我們剛報名參加十八區籃球比賽，如果多練兩次也嫌悶，又怎能取得好成績？」

「唔……你努力吧，將勤補拙也是好事。」雪樺本想真誠地給浩波打打氣，但不知怎的，語氣聽起來總是好像跟對方搶白般。可是浩波卻不減自信的説：「呵呵呵……你打擊不到我的！況且我們現在得到一位前 NCAA 美國大學籃球聯賽的教練指導——」

「哦？真的嗎？」雪樺好奇地問：「但我平日只看到那個麻

煩的臭口鄭在球場上找你們逗樂，卻不見什麼外籍教練呢！」

「哈哈，鄭 Sir 就是那位前 NCAA 教練！」浩波頓時昂起自信的頭顱說。

「是他自己說的嗎？」雪樺見浩波點頭承認，便說：「哎呀傻瓜！你竟相信那個臭口鄭！他肯定是胡謅的，要是他這麼厲害，就不用在這裏『屈就』，以揶揄學生為樂啦！」

浩波沒有接上話，臉上依然輕鬆，過了半晌才淡然的說：「或者厲害的人物通常是這樣子吧！」說罷便又朝向籃球場處走，再度加入混戰的人羣之中。

「哎呀，真是氣死人！這個傻瓜怎會單純至此？居然會相信這個一味胡謅的臭口鄭！」雪樺心裏因着浩波的天真而氣得血脈沸騰，但隨即卻泛起一個念頭：「我為什麼會因為浩波這個『野漢』而動氣？」

殘酷的真相

這世界有一個奇妙的規律，就是一個令人討厭的傢伙，其一舉一動可能較受歡迎的人更受到注視，而且任何有關他的傳聞，都會輕易成為某個羣體內的談論話題。

「什麼？他是 NCAA 的教練？那我豈非可以打 NBA 比賽？」

「那個臭口鄭真無恥，居然胡謅至此，以為人家都是大白痴嗎？」

「但吳浩波那幾個白痴倒信以為真呢！」

「哈哈……吳浩波和陳強他們，本身智力就不正常，我並不驚訝他們會相信這種愚蠢的謊話。況且吳浩波也不是什麼好人，你也聽過他打球時欺負學弟的劣行吧！」

或許這幾個長舌男說是道非得過於忘形，竟然連「當事人」真的出現跟前也不察覺。

「你們說誰智力有問題！」當他們看到陳強肥碩的身軀突然現於眼前，莫不一臉尷尬之色，但在頃刻之間，就從尷尬換成挑釁的嘴臉：

「哈哈……說你們是笨蛋的確沒錯！就連香港隊的籃球員也未夠實力參加 NCAA 美國大學聯賽呢，難道你認為那個平日只會靠揶揄別人賺取成功感的臭口鄭，真有這種本事？」

「如果他真的到過外國留學，又怎會屈就在一間中學當一個普通的實驗室助理？這麼簡單的道理，大概只有笨蛋才想不出！」

「對呀對呀，我們還是快走吧！還是任由他丟人現眼吧！哈哈哈……」幾個長舌男乘機遁走，留下漲紅了臉的陳強。

陳強不是笨蛋，他並非沒有懷疑過臭口鄭所謂「前 NCAA 教練」的身分，只是沒有深究下去。但那幾個長舌男的話，彷彿割開那個「真相的傷口」—— 一個被騙的真相。

這天，在訓練後準備接受「射龜」懲罰時，陳強突然正色問：「鄭 Sir，你真的曾在 NCAA 打滾過嗎？」

「別扯開話題！你以為這樣就可以避過我『炮彈式』抽射嗎？」興致勃勃的臭口鄭揚揚手着陳強快點轉過身去。

但陳強仍是重複的問：「鄭 Sir，你真的曾在 NCAA 打滾過嗎？」

臭口鄭收起他的嘻皮笑臉，認真的說：「當然有！」

「那麼當年你代表哪間大學？什麼年份？當時曾跟哪些球星一起？有沒有什麼入學證明……」

面對陳強連珠炮發的質問，臭口鄭立時架起防衛的態度說：「幹嘛？你懷疑我嗎？我有需要回答你這些無聊問題嗎？」

「哎呀，我們繼續練習吧！比賽快到了，別再浪費時間好嗎？」浩波上前嘗試解圍，卻被阿殺一把拉住。阿殺冷冷地道：「鄭 Sir 為何那麼大反應？陳強問你是哪一年代表哪間大學，根本是平常事，沒必要動怒。」

「說吧，說吧！」猛虎亦附和。

看到他們的步步進逼，臭口鄭為免穿幫，惟有想辦法藉詞遁走。於是他裝作憤怒地說：「你們根本是在懷疑我吧？好吧，既然如此，我也省口氣不再教你們！」說罷便轉身要走，才踏出一步，陳強便失望地說：

「你果然是騙子——全校同學也在取笑我們，竟然跟這騙子學打籃球！他們說得有道理，就算再厲害的香港球員，也未夠水準到 NCAA 打球，就憑他？一張臭嘴可以打球嗎？要是他真的這麼厲害，又何需留在學校發霉的實驗室？現在回想，我們都沒有認真看過他打球，究竟他會不會打球也成疑問！」

「哈哈，大家別把氣氛弄得這麼緊張吧！」浩波吃吃傻笑，希望緩解這劍拔弩張的狀態，「你們想想，這段日子我們打球的確比以前好，更有隊形……還有需要懷疑鄭 Sir 是不是 NCAA 的教練嗎？」

不過骷髏魔卻按着浩波，朝臭口鄭説：「陳強説得對，我們確實沒看過鄭 Sir 認真地打球。」説罷他便將籃球往臭口鄭身上扔過去。

「射吧！」骷髏魔雖然只簡單吐出這兩字，卻透現出一種不依從即死的殺氣。

臭口鄭一臉凝重的抱着皮球，顯得有點生硬地架起投籃的姿勢，眉頭緊皺地瞄準籃框，正準備把手上的皮球甩出。各人屏息以待，因為這一球，是鑑定臭口鄭究竟是個厲害的教練，還是一轆信口開河的「神棍」——

「對不起，我騙了大家……」臭口鄭知道無法隱瞞，原本繃緊的投籃姿勢突然放鬆下來，皮球從他的掌心徐徐地滾到地上。

「□□！□□□！」這段日子多説了普通人易於明白的廣東話的骷髏魔，在怒不可遏之下又再次説起「粗口語」，而且滿眼快要爆裂的紅筋，還有高高的揮起拳頭作勢要鋤向臭口鄭的頭顱，誰也知這股怒氣實在不能小覷。臭口鄭眼見猛虎和骷

髏魔氣炸得要把自己肢解，突然鼓起平生最大的力氣發足狂奔，幾乎是手足並用的狂奔，直至完全消失在他們的視線⋯⋯

「幹嗎□□拉着我！」被浩波抱纏着腰部因而目送臭口鄭遠走的猛虎，氣沖沖的睥睨着浩波。

「這不過是小事！不用討債般對待鄭 Sir 吧？」浩波到這一刻仍然為臭口鄭辯說。

「小事？有病！」在一片憤怒與不解之中，打球的興致煙消雲散，各人喧鬧地四散離開。

球場上，最後只剩下頑固的浩波。

不知過了多久，上過補習課的雪樺又經過那個球場，看見浩波獨個兒落寞的坐着，便上前問：「怎麼只有你一個？其他人呢？」

「都走了。」浩波沒神沒氣的説，然後憤然將籃球往老遠的籃框扔去，皮球重重的撞在籃板上，掉下來彈跳幾下，又緩緩滾回到浩波的腳邊⋯⋯

「怎麼了？你們不是要應付比賽嗎？」

浩波惋惜地歎道：「他們發現鄭 Sir 是假冒教練，戲弄我們。」

「哈，哈！恭喜你們及時清醒！其實誰也知道，他只是個靠揶揄別人掩飾自己一事無成的『自卑男』！」雪樺毫不客氣的說。

「我知道。」雪樺本來一心要罵醒這個傻呼呼的浩波，但聽到他竟輕描淡寫地應上一句「我知道」，一時間錯愕得不知說什麼好。

「NCAA，美國大學籃球聯賽，一個香港人又怎會有資格到哪裏當球員甚至教練？」浩波依然背向着雪樺。

「什麼？原來你早就知道臭口鄭只是胡謅？為什麼你這麼笨不拆穿他？」雪樺驚訝問道。

浩波不置可否，冷笑了一聲，淡淡的說：「為了要拆穿別人的謊話，而破壞了自己的夢想，我不覺得這樣很精明。」浩波頓了頓，見雪樺聽不懂，便續道：「我早就知道鄭 Sir 不過是耍我們，但我真的有所得着，況且他為要讓我們相信他是一位教練，真的花了很多心思，雖然操練時有時被他戲弄得團團轉，但我們的球技的確有所提升，既是如此，我又何須計較？何用怕當傻仔……」

雪樺當場呆住了，實在沒想到浩波竟有這種「傻子哲學」。她突然輕輕拍了拍浩波的肩膊，嫣然笑道：「笨蛋，不要放棄！你要繼續不惜一切當傻子！」

浩波頓時感到肩上一股暖意，傳遍身心。

冤家．路窄

這事之後，臭口鄭仍如常回校上班，卻像吃了隱形藥似的，不僅看不到他的身影，連他揶揄別人的賤笑聲也消失無蹤。當然，他不是真的被猛虎等人肢解或已人間蒸發，只是避免跟浩波等人碰面而已。

至於猛虎三人，在知道自己當了傻子這殘酷真相後，已沒有再在球場出現。儘管能否繼續參賽也成疑，但陳強、大舊和何祈克也沒打算要放棄即將舉行的籃球比賽。也許，此刻他們極需要一個發泄情緒的途徑 —— 即使輸波打人也好。

「各位同學早晨！」

「校 ~~ 長 ~~ 早晨 ~~ 各位 ~~ 老 ~~ 師 ~~ 早晨 ~~」早會時間，同學如常以喪屍般的腔調應道。在沒完沒了的報告和各樣大小校務通告之後，體育老師黃 Sir 突然向全校同學宣布了這個消息：「各位同學，學校的男子籃球校隊獲邀參加『十八區籃球比賽』，首場比賽將於下星期六舉行，對手球隊名為『真係勁』，歡迎各同學到時到場為校隊打氣……」

聽到「真係勁」這三個字，浩波頓時如被雷電擊中的大吃一驚，心情涼了半截——「這麼巧？莫非是天意？我們的對手『玉面飛龍』原來是校隊！」想到當日他們落敗後同學們的訕笑聲和嘴臉，即使受影響程度最輕的浩波也感到不寒而慄。

「你聽到早會時的宣布嗎？」小息時，浩波問陳強。

「聽到。想不到，我們第一場的對手又是校隊。」陳強慘白着臉應道。

「為什麼上天要這樣作弄我們？既安排了一個冒牌教練給我們，又要我們再遇上校隊……我還記得同學們嘲笑的嘴臉，真的很可怕……」何祈克一副經歷劫後餘生的口吻。

放學後，他們拖着一絲失望與無奈到達球場，卻見到消失多時的猛虎、阿殺和骷髏魔竟在球場踱步。浩波立時興奮地趨前說：「咦？終於肯出現了嗎？我還以為你們不會再打籃球了！」

「誰說不打籃球？只是稍作休息罷了！況且如果我們三人退出了，我怕你們無法參加比賽嘛。」骷髏魔應道。

「唉，即使能夠參賽，但究竟是好事還是壞事？現在也說不準。」何祈克搖頭歎謂。

「怎麼了？幹嗎一臉喪氣？」阿殺問道。

「沒指望了，原來我們的對手，是校隊。」何祈克仍是一臉哭喪。

猛虎不屑地說：「嘿！你們校隊又有多了不起？」

「一言難盡……」此時則輪到陳強深深的歎一口氣：「當日我們不僅輸得一敗塗地，而且同學們的取笑，令我們猶如脫光衣服示眾一樣，很難堪，心靈脆弱一點也會想自殺。」

儘管猛虎有着壞分子「天不怕地不怕」的膽量，但看到他倆露出歷盡摧殘的眼神，也想像到那番經歷是如何可怕。

浩波勉強提起精神，鼓勵大家說：「現在怨這怨那也沒用，我們還是快點去練習吧！」但實際上，連他也無法逃出當日的陰霾。然而更令他們困擾的，是各人都有一種「陰魂不散」的奇怪感覺——從踏進球場開始，耳邊總是疑幻似真的響起臭口鄭那招牌式的討厭笑聲，而且每投丟一球，或有丁點失誤，又會傳來他極盡無情嘲弄的批評……

「這幾天也沒看到臭口鄭，究竟他是不是自殺死了？」何祈克突然停下來，幽幽的說。

「喂！你不要這樣咒鄭 Sir，好嗎？」浩波面露不悅地說。

「不不……」何祈克連忙解說：「我剛才好像一直聽到臭口鄭在我耳邊説話，又在揶揄我走籃時活像一隻在拖鞋底下逃走的蟑螂。若非我害了幻聽，便肯定是臭口鄭已經死了，在這球場裏陰魂不散……」

「口！真的那麼邪門？我也聽到他在我耳邊呢喃……」骷髏魔臉上沒有平時的氣焰，反而為着這神怪的臆測而顯得戰戰兢兢。

「我也聽到呢……真恐怖！明知他肉身不在球場，卻仍聽到他的聲音，弄得我也不敢胡來，乖乖依着他的指示去做。」陳強説時顯得心有餘悸，浩波忍不住哈哈大笑：「怎麼可能？當日你們兇巴巴像要宰了他的模樣，鄭 Sir 為免尷尬才避開我

們，根本不出奇！雖然剛才打球時，我也好像聽到鄭 Sir 在提點着我的每處細微動作……」

何祈克插嘴道：「嘿！浩波，連你也聽到臭口鄭的回魂話嗎？證明他真的可能遇上不測！你說他避見我們，但學校有多大？總不會消失得無影無蹤吧！況且今天剛好是他消失後的第七天，我聽過阿媽說什麼『頭七』什麼回魂……莫非真的是臭口鄭死後回魂的日子？」

浩波一時間也不知所措，忽然一陣怪風在他們身旁颳起，各人面面相覷，又是一面鐵青……

Part 4
最強戰術

球場再遇

這一天是星期六，正是浩波他們與校隊決戰的日子。一路往比賽場地走的時候，浩波看見很多眼熟的面孔，都是同校的同學。

「糟糕了，這麼多同學到來支持校隊，真不敢想像當他們知道對手又是我們，訕笑聲會否超過300分貝。」何祈克憂心地説。

浩波拍拍他的肩膀：「醜婦終需見家翁，既然我們決定來比賽，就不要再理會別人的嘲笑，鄭Sir也這樣教——」

「別再稱呼這賤人為鄭Sir好嗎？他只是一轆騙人的神棍！」陳強激動地説。

「唉，別動氣別動氣！」浩波安撫他説：「猛虎、骷髏魔和阿殺什麼時候到？」

大舊説：「他們説會自行先到體育館嘛……咦？你們有沒有感受到一種奇怪氣氛從體育館大門滲出來？」説着，他們已到達體育館，發覺場內一雙又一雙充滿鄙夷的眼神，正不約而同地盯着處身於大門召集處的三個背影……

「咦——」浩波聽到女生們壓低嗓門在悄悄說話：「怎麼今日校隊的對手竟然是一班『古惑仔』，你看！他們的手臂上還刺有大片文身，好恐怖呢！」

「對呀！真替校隊他們擔心，看這幾個人的樣子，肯定是落敗後會打人發泄的壞分子！」

這些令人渾身不自在的羣眾白眼，令浩波他們一時間也不敢走近猛虎身邊。

「喂！笨蛋，你們也來支持校隊這麼奇怪？」在千百對白眼中，浩波先認出這是 Psyche 的聲音，然後才看到她與雪樺如參加奧斯卡頒獎禮般撓手到場。

「吓……我……」如果此刻承認自己跟被眾人白眼的壞分子是同一夥，肯定會惹來 Psyche 最激情的鄙夷，然後旋即引起眾人起鬨……雪樺看到浩波一臉尷尬的神情，亦頓時意會到其中的內情，便識趣地拉着 Psyche 離開：「不要理會他們吧！繼續磨蹭下去我們便佔不到好位置呢！」便把 Psyche 急急拉進場館。

不過，浩波他們與猛虎幾個是隊友的事實，到進場一刻還是敗露——

「嘩！原來這班傢伙跟那幾個黑社會分子是隊友嗎？」

「哎呀，這幾個人真不知羞！上次在班際比賽大出洋相還未夠，這次居然還膽敢參加公開比賽！」

「這場比賽簡直是超人大戰哥斯拉，校隊一於把這頭哥斯拉剁至稀巴爛！」

「什麼哥斯拉，他們根本是一班嘍囉和小丑罷了……」

可是當校隊成員韋峰、阿昌、國文和耀宗等陸續進場時，觀眾席上的噓聲竟比電腦音效更快速直截的轉換成不絕的歡呼聲。

主裁判使勁拉高嗓門喊出：「請雙方的隊長過來。」從容自若的韋峰踏前一步，然後跟裁判微笑示意；可是另一方猛虎和浩波等卻面面相覷，因為他們從來沒想過由誰擔任隊長這回事。

「隊長嘛……」就在大家磨磨蹭蹭之際，猛虎狡猾地一推，浩波一個踉蹌的步了出來，球證也不管他是否自願，拉着浩波與韋峰作雙方隊長握手儀式。

「真想吐呀！竟不自量力挑戰韋峰？我們一於『噓爆』這班『怪男』！」不知怎的，Psyche 一看到這班其貌不揚的男

同學流露出熱血眼神，眼睛就冒火。

「好呀！」「好呀！」鄰近十數位本來各不相識的女生，聽到 Psyche 的號召後，竟齊聲附和響應。當噓聲從這一小撮女同學發出後，便迅速蔓延至整個場館。

骷髏魔搖頭苦笑，對浩波他們説：「這全都是你們學校的同學嗎？看來你們的人緣惡劣得離奇呢！」浩波張着嘴巴，被他那句毫不含糊的「人緣惡劣」評價弄得無話可説。

可是大家並沒有發現，觀眾席上至少有一個人，是暗暗站在浩波那一方……

真係勁 vs. 玉面飛龍

上半場	
「真係勁」:	浩波、陳強、何祈克、猛虎、阿殺
vs.	
「玉面飛龍」:	韋峰、阿昌、16 號、阿 4、阿 7

「吣」——

哨子聲一響，裁判便在中圈把球拋高讓雙方球員爭搶。身負中鋒之責的陳強，在球證將皮球甩出的一剎就拚命起跳，可是看起來只像一枚欖球彈上半空的怪趣；相反，「玉面飛龍」那邊派出的韋峰，躍起時展出修長的體態，從容不逼就已在半空搶到先機，並將皮球撥到隊友阿昌的手上。這個對比，令人聯想這簡直是「英俊的鬥牛勇士」大戰「肥蠻牛」。

「哼！竟然只派出 16、4 與 7 這些後備球員？根本沒把我們放在眼內！」陳強就像一頭被紅布巾挑釁起怒火的狂牛，立刻往阿昌身上衝過去。就在他快要跟阿昌撞個正着之際，阿昌及時向左邊一晃，便讓陳強一個踉蹌撲空，全場觀眾刻意拉高嗓門報以嘲諷的乾笑，以進一步提升陳強等人的尷尬程度，直接摧毀他們的士氣。

「哈哈哈……果然是一羣白痴對手！」

「沒錯！是山豬，他們根本是山豬，又野蠻又腦殘！」

「對呀！韋峰、阿昌，你們一定要把這羣山豬打至落花流水！」

「哈哈哈……」

場內揚起一浪又一浪的嘲諷笑聲，就像一個又一個駭人的

海浪，把浩波他們的丁點自信逐漸吞噬。開賽才不過 15 秒，校隊便輕鬆打開 3：0 的局面。

浩波從後場運球上前，此時何祈克、阿殺、陳強和猛虎亦在前場緩步游弋；雖然「玉面飛龍」派出三名副選球員應戰，但在韋峰的率領下，亦令「真係勁」顯得一籌莫展。正當浩波引球踏進前場區的一剎，猛虎像突然瞟到獵物出現，立時衝上前要接應浩波；反應極快的韋峰見狀，也立刻緊纏在猛虎身後。浩波雙眼果然盯着猛虎，雙手將籃球捧於胸前使勁一推，直向猛虎處飛過去……

「果然不出所料！」韋峰再踏前一步，用身體頂着猛虎，好使他即使接過傳球，亦難以輕易轉身發動攻擊。可是此時一團去勢急勁的黑影突然從韋峰左方飄過，他一看，才發現球是落在身後的何祈克手上。比賽經驗豐富的韋峰，頓時明白浩波真正的傳球目標其實是何祈克，但這個發現顯然為時已晚，韋峰只能眼巴巴看着何祈克高高躍起上籃。

「特．特．特」——

可是籃球在框上跳了跳後，居然在框外彈走了，而且更恰巧彈進韋峰的懷中。韋峰二話不說即以一記棒球式長傳扔向前場，而阿 7 則立時發足狂奔，顯然浩波等人要起步追纏已為時太晚，只能遠遠目送他在無人看管下輕鬆再取兩分。

「哈哈哈……真是笨蛋！這麼近也投不進！」

「白痴呀！白痴！」

觀眾席上看到何祈克連這麼簡單的球也投不進，莫不肆意嘲笑。

雖然取得 5：0 的開局，但韋峰依然保持高度專注，那份領袖魅力更惹來不絕的尖叫聲。隨後在連番進攻得手下，「玉面飛龍」將比分拉開至 11：0。不過此時韋峰卻對隊友說：「雖然開局順利，但我們不要掉以輕心！要把他們的戰鬥力和意志徹底摧毀才可鬆口氣。」看見韋峰面對這班怪男仍如此謹慎，阿昌實在佩服他竟沒有一點輕敵或「歧視」，也跟着認真作戰起來。

急於打開「零紀錄」的何祈克，以高速運球從後場直奔上前場，雖然很快就招惹到 16 號的追纏，但他似乎只一味盯着籃底跑過去，即使對方已經穩穩站在籃底下，何祈克仍像一頭山豬死命的衝過去……

就在跑到 16 號面前不過兩呎之距，何祈克竟毫不諧協地把手腕一轉，籃球從他手上飛脱，直往站在邊線的阿殺飛過去。

「嘩！很離奇的手法！」場內任何人雖然都認為何祈克這一招傳球既不瀟灑也遠不如韋峰般充滿美感，但多少也被他突如其來的怪招嚇了一跳。想到自己剛送出了一記令所有人目瞪口呆的傳球，何祈克禁不住露出自信的神情。不過就在阿殺伸手準備接穩來球之際，一抹黑影在他跟前掠過，本來朝阿殺飛去的籃球居然消失了！取而代之是一個高大的身軀閃在他跟前，球衣上印着「Wai Fung」。

韋峰一出，一輪此起彼落的尖叫聲撼動着整個場館。黃Sir也驚歎韋峰竟能在開賽後短短時間，就已經掌握到浩波等人的走位和傳球路線。韋峰瞄到阿7早已站在中線等候策應，再送出一記長傳扔給他；可是正當籃球如炮彈朝阿7轟過去時，「啪」的一聲，竟然擊中了一隻不知從哪裏伸出來的手掌，這手掌還把球硬生生的截下來！觀眾驚呼了一聲，韋峰亦嚇了一跳，發覺把這記急勁傳球抄截下來的，正是浩波！

韋峰暗忖：「在這麼近的距離下，竟能作出反應把我的傳球截下來？怎可能？」

阿殺和陳強等人卻毫不驚訝，他們心想：「經過臭口鄭以近乎欺凌的方式，長期向各人投擲籃球作訓練，他絕對有這本事抄截下這記傳球！」浩波及時把握機會，把球擲向籃底，陳強身形雖然肥矮，又跳得不高，可是卻在空中騰空的瞬間剛好接住了來球，並趁身體墜落之時，將球輕輕往籃框一送，終於為「真係勁」取得開賽後的首兩分！伴隨着連串的嘘聲和冷笑聲，陳強微微握着拳頭為自己振奮，而浩波一邊咧出嘉許的笑容，一邊卻在揉搓自己的右手。

猛虎很快察覺到浩波的異樣，看見他的右手手掌猶如一塊在豬肉檔新鮮割下來的紅肉，面上頓時露出「！」的詫異，於是悄悄跟浩波耳語：「你的手掌紅腫一片，是剛才截球時弄傷的嗎？」

浩波微微點頭，但臉上仍擠出一派從容。他隨即又奔回後場防守，與阿殺猶如兩頭狼狗把阿昌逼進底線角落。雖然 16 號已趕到準備接應，但二人拚命上下揮動雙臂，死死的封住了阿昌所有傳球路線；無路可退的阿昌捧着籃球，竟想到中史堂上講及當年宋朝末代丞相陸秀夫，抱着宋帝昺進退不得，最終投海自盡那份悲壯，於是鼓勁將球往阿殺的身軀扔過去，希望球能彈到對方身上才出界，這樣至少能保住這次進攻機會。不過阿殺卻看穿他的心思，心想：「相比臭口鄭的近距離投擲攻擊，你這一招實在小巫見大巫！」他成功閃避開阿昌這記擲球，籃球直飛向他身後浩波的跟前。

浩波腫脹的手掌已麻痺得不聽使喚，但他仍咬緊牙關，運球到中場後便把球交給走到三分線外策應的陳強。陳強隨即往後一撥，籃球就如一把利刀般直刺進還未有人補防的籃底下，而何祈克再次展示其來自大自然的野性和高速，從底線鑽進籃下，接住了來球後順勢往上一推，皮球再次應聲穿過籃網——令比數改寫成 4：13。

儘管比數依然懸殊，黃 Sir 卻在心裏盤算：「他們之前不是被那個臭口鄭假扮教練戲弄一番嗎？怎麼現在打起球來竟有板有眼？莫非……那個臭口鄭真的來自美國 NCAA 聯盟？不會吧？」黃 Sir 不敢怠慢，立刻叫了一次暫停，希望能一挫對手連續得分的氣勢。

就在「玉面飛龍」一眾隊員圍着黃 Sir 聽他指導之時，「真係勁」的一眾成員卻圍着不知幹什麼好，因為他們的教練臭口鄭，早已被大家棄絕了。

「情況不妙……我的手，很痛……」浩波終於捂着自己的右手悶哼一聲。

「是剛才攔截韋峰的傳球時弄傷的嗎？」何祈克問。

「肯定是那記傳球！」猛虎搶着説：「他的手掌現在紅腫一片，即使勉強比賽下去，狀態也會大打折扣！浩波，你還是先在場邊休息一會，敷點冰會好一點！」

「敷冰？試問我們怎會無端有冰塊呢？」何祈克無奈地説。

可是就在此時，浩波發現在後備席上，擺放了兩個便利店出售的特大裝汽水紙杯，他趨近，拿起兩個杯逐一搖晃，杯中立時發出「咯咯」的冰塊碰撞聲音。

「不是嘛……什麼人把喝完的汽水杯放在我們的後備席上？」何祈克正要一手奪過那兩個紙杯扔進垃圾桶，浩波卻笑道：「不要丟呀！這是上天給我的禮物，竟然留下了兩大杯冰塊給我！」他也顧不上衞生不衞生了，二話不説就把右手插進塞滿了冰塊的杯中，猶如戴上拳套般惹笑。一陣冰凍的感覺立時通過神經直衝上大腦，浩波感到右手腫痛的感覺果真消退了不少。

「究竟是誰留下這兩個紙杯？如果只是有人隨意丟棄的

垃圾，又怎會如此巧合，會有兩杯滿滿的冰塊放在我的座位上？」就在浩波心裏嘀咕之時，卻瞟到在館場的門外，有一雙鼠目突然急急撤退；雖然只是匆匆一瞥，但感覺很眼熟。此時卻聽到球證吹響哨子，暫停時間已完結。

「真係勁」： **in** 骷髏魔、大舊

out 吳浩波、何祈克

「玉面飛龍」： **in** 國文、耀宗

out 16 號、阿 4

當韋峰等人接受了黃 Sir 的教導和提醒之時，浩波等人卻在忙這忙那，把寶貴的暫停時間白白虛耗掉。觀眾看着校隊成員充滿鬥志的眼神，散發着原始雄性魅力，固然喚起連番尖叫喝采，但想到他們的對手只是幾個外貌離奇如亞馬遜森林野生動物般的人，自然感到大煞風景。

觀眾席上的 Psyche 突然站起來，轉身向後面的女生說：「唏！我們不如加把勁，向那幾個怪人和小混混發出噓聲！上次在班際比賽，他們被同學嘲笑幾聲就猶如一盤散沙，這趟我

出口EXIT

們誓要發揮團隊精神，讓他們知道，這個世界是『邪不能勝正』！」

雪樺聞言，把 Psyche 一屁股拉回座位上，輕聲對她說：「你怎可以這樣鼓動其他人？浩波他們又沒有開罪你，沒必要這樣針對他呢！」

但其他同學對 Psyche 的提議似乎十分受落，即時興奮地起鬨喧鬧——

「沒錯！要讓他們知道邪不能勝正！」

「對呀！這幾個怪獸男，想打籃球裝酷？快點滾回家吧！」

「一於喝倒采！」

「Yeah~~~~」

Psyche 一臉得意向雪樺拋了拋眼色，雪樺仍不甘心，繼續勸說：「他們也沒有開罪大家，犯不着這樣……」

「同學，你錯了。」突然一名女生將頭顱鑽在雪樺和 Psyche 之間，搭訕的說：「他們樣貌離奇仍故作有型，足夠惹起公憤……咦，你為什麼幫這班怪男說好話？莫非你站在他們那一方？」

雪樺頓時一怔，Psyche 亦連忙辯說：「當然不是！說我們

支持這班怪男？簡直是本世紀最大的冤情！」

雪樺不敢再多説，趁羣情洶湧之際，悄悄離開觀眾席。

坐在後備席上的浩波和何祈克，感受到四面八方的喝倒采聲，像連番重槌擊打在他們的胸口上……

「糟糕！大舊一向臉皮薄，他會否受不了這些噓聲？」何祈克聽到觀眾席上不斷傳出「科學怪人，快點返回實驗室吧！」這些嘲諷説話，不禁替他焦急。

可是大舊一踏進球場，除了很快便搶下韋峰投丟了的防守籃板球，還在籃底下一口氣連得四分！何祈克和現場觀眾一樣，對大舊脱胎換骨的表現感到吃驚，但浩波卻以毫不出奇的口吻説：「這根本不出奇！經歷過鄭 Sir 無情的『洗禮』後，大舊比以前堅強多了！其實不只是他，我們都進步了，這都是鄭 Sir 的功勞。」

「也許你説得對……就像今天，倒采聲比班際比賽時強勁千百倍，但我們也沒有慌亂尷尬、陣腳大亂。大概這是被臭口鄭長期摧殘自尊而形成的抗逆力吧。」雖然何祈克帶着嘲諷的口吻，但他心裏多少也承認這是臭口鄭的「功勞」。

「廢柴（輸波！）」

「廢柴（輸波！）」

「廢柴（輸波！）」

可是觀眾席上雄壯而充滿節奏感的喝倒采聲，就像海浪衝擊岩石般，時間久了，即使再堅硬的岩石都會被磨蝕。雖說浩波他們的「抗逆力」提升了，但在他們奮戰而屢投不進、情緒愈見躁動之下，這些喝倒采聲漸漸衝擊到他們的神經，令他們不勝其煩。

「□！你們嘈□□□沒有！」猛虎這座醞釀多時的火山，終於爆發了。

觀眾席上的同學見到這個兇神惡剎的邊緣青年突然咆哮，頃刻間靜了下來，然後便開始竊竊私語，並向浩波等人投以更不屑的眼神。球證在深呼吸一口氣後，亦鼓起勇氣向猛虎判罰了一個「技術犯規」。幸而阿殺和大舊死命的拉住猛虎，猶如押送動物園出走的大黑熊般，一步一步把怒氣正盛的猛虎推回後備席，並急急的向球證請求以何祈克作替換。

「真係勁」： in 何祈克

out 猛虎

「唉……沒有了，這次我們完蛋了！」陳強看到大家失控地亂成一通，只懂不斷搖頭歎息。

「冷靜一點！不要被喝倒采聲影響！把攻勢組織好，盡量做好防守！」浩波話才說出，也發覺這不過是空泛得誰也知道的建議。

結果，當球證吹響完半場的哨子聲時，比分是 13:35，「真係勁」遠遠落後。

臭口鄭回歸

望着這個比分，全場發出鬧哄哄的歡呼聲。在大比數領前下，黃 Sir 仍然保持專業態度向「玉面飛龍」成員講解戰術；至於浩波和猛虎他們，像被一口烏氣重重壓着，只是垂頭喪氣低頭不語。

浩波感到口渴，於是拿起自己的背包，想掏出自備的一支清水，卻發現觸碰到一件軟綿綿的物體，掏出來一看，原來是一件紙包蛋糕，上面還草草寫了幾個字：

笨蛋，吃了這個蛋糕（沒有過期的！），下半場要努力努力！

雖然沒有署名，但看到句子煞有介事明言蛋糕沒有過期，浩波就知道這是雪樺塞進他的背包中。他立刻仰起脖子往觀眾席張望，終於在一張張充滿不屑和恥笑的嘴臉中，找到雪樺的臉龐——原來她的眼睛也一直盯着自己。浩波傻傻的把包裝袋掰開，然後大口大口的將蛋糕往嘴裏塞，雙眼則閃出如少女漫畫般充滿感激的眼波。

「至少還有她為我打氣……」浩波一邊啖着這塊蛋糕，一邊吸收着它帶給他的精神力量，再次生出無限的鬥志……忽然在他視野中的某一點，又看到之前曾經閃現的一雙鼠目，而且這次他認出來了——

「是鄭 Sir……」浩波終於在大門附近看到臭口鄭的蹤影。

各人立時朝浩波的視線一看，果然見到消失多時的臭口鄭！骷髏魔和阿殺最先發作，發足衝過去。臭口鄭眼見仇家淹至，哪有不走的道理？可是他倆實在太快，臭口鄭才走不到幾步，二人就如蟒蛇般把他纏住，然後押到猛虎和浩波跟前。

「喂……你們想怎樣？這裏是公眾地方，別胡來。」臭口鄭結巴地說。

「大家不要再怪責鄭 Sir 了，」浩波好言相勸：「他確實令我們進步不少！還有，剛才那兩杯冰塊，不是沒公德心的人丟下，而是鄭 Sir 刻意留給我的！其實……他也很關心我們的比賽！」

呆了半晌，臭口鄭終於打破沉默說：「我不是冷血的……浩波弄成這樣子，若不敷點冰怎行。在慌忙之下，我到隔鄰的便利店買兩杯自斟汽水，急急飲完了就悄悄留下冰塊給你。若不是肚子還脹得滿滿，也不會被你們輕易逮住。」聽到臭口鄭背後的用心良苦，大家莫不泛起一絲感動。但何祈克突然稍作清醒問道：「既然你買自斟汽水是為了拿冰塊給浩波，為何不索性只添冰塊？反正店員也不會阻止你。」

何祈克的提問又確有道理，於是各人的視線又朝向已被猛虎挾得緊緊的臭口鄭，等他「招供」。臭口鄭支吾一番後說：「我也有想過……但不斟汽水只要冰塊，太蝕底嘛，所以……」

當聽到臭口鄭連這等小事也作出勢利的考量，本來丁點的感動也蕩然無存。猛虎把他的頸項纏得更緊，各人亦因為他貪小便宜而把飲用過的冰塊給浩波作敷冰之用，紛紛作勢要圍毆他。

「別打臉！別打臉……」臭口鄭雙手捂住臉孔苦苦求饒，而浩波也加入勸説請各人放過他。

這時猛虎裝兇作勢道：「□□！你這個臭口鄭，為人賤格行為嘔心，既冒充什□□麼 NCAA 教練，戲弄完我們一番後，竟不負責任，在我們比賽前遁走，到球賽半場時才現身！真可惡！」

「□□！下半場你若不能指揮我們反敗為勝，你這□□□便當心！」阿殺雖口吐恐嚇話，但嘴角則透出些許盼望的笑容。

「指揮你們？」臭口鄭狐疑地重覆着説，骷髏魔則似要把他的肩胛骨擊碎般拍其肩膀説：「雖然你只是一個假冒的教練，但不能扮了半途便了事！你得要繼續扮演下去才成！」雖然這一擊令臭口鄭感到有點靈魂出竅的感覺，但他亦明白到各人已接納自己重新回歸球隊——儘管大家已知道他根本不是什麼 NCAA 教練。

下半場

「真係勁」：　浩波、何祈克、陳強、大舊、阿殺

vs.

「玉面飛龍」：　國文、耀宗、阿昌、阿 4、阿 7

經過短暫的休息後，兩隊又重新返回賽場。或許因為浩波的腦海中仍留下雪樺的笑臉支持，下半場開賽不久他便幸運地投進兩球，些微拉近了兩隊的差距。可是阿殺和何祈克等人卻沒浩波走運，縈迴在他們視線和腦海中的，依然是擾人的嬉笑和謾罵聲……就在此時，臭口鄭首次發揮功用，向球證請求了一次暫停。

正當浩波等人回到後備席準備聽取戰術時，臭口鄭竟說：「何祈克、大舊，打得好！你們先坐在一旁！我沒有什麼意見給你們。」說罷便只顧拉着阿殺、猛虎和骷髏魔到一旁呢喃一番，奇怪的是，三人竟咧出跟臭口鄭一樣詭異的笑容，猛虎更吐出了一句：「嘿，這本來就是我們最擅長的事！」三人一哄而散，還未待暫停時間完結，已逕自返回球場。

「鄭 Sir，你究竟跟他們説了什麼？」浩波急急走到臭口鄭身旁問。

「見面禮，這是給你們的見面禮。」臭口鄭一臉自信地説。

吃人戰術

「真係勁」： in 猛虎、骷髏魔
out 何祈克、大舊

暫停完結以後，雖然看似一切如常，但國文和耀宗等卻嗅到一陣像從死神傳出來的死亡氣息——

「你……你幹嗎？我哪裏……開罪了你？」早已三番四次逃避猛虎眼神的耀宗，見猛虎一踏進球場後，便瞪起一雙像要討血債的眼神盯着自己，以為是否出現了什麼誤會。

不過猛虎並沒理睬他，憤怒的雙眼甚至漸漸透現火紅的微絲血管。不僅是他，阿殺和骷髏魔亦閃出極可怕的殺機，眼神所到之處，彷彿透出把人掰開兩邊的決心。霎時間，一襲要宰人的殺氣迅即在場館蔓延，就連觀眾席上不休的謾罵聲也收斂了。或者大家心裏也怯於這幫壞分子，絕對是開罪不得。

無論是控球在手，抑或無球走動，猛虎、阿殺和骷髏魔三人的怒目都猶如討命的凶靈，緊盯對手，叫人無時無刻在提心吊膽。果然「狙擊」終於出現，當耀宗在籃下搶到一記進攻籃板球並想補籃投射，猛虎突然亮出一巴掌，如執起牛肉刀般重重剁在他的手，耀宗即時中伏似的慘叫倒地。

「吔！」球證立時吹罰猛虎防守犯規。猛虎臉上沒流露出絲毫表情，還上前攙扶耀宗，但在拉起他時，猛虎的眼神霎時間又充滿兇殘……猶有餘悸的耀宗明明獲得兩記罰球機會，卻糊裏糊塗全丟失了，還讓猛虎撿到了籃板球。

猛虎隨即發動攻勢，雖能輕易運轉到敵方的後場，但當一深入至籃下，敵方防守的神經線亦敏鋭起來。控球在手的陳強，很快便發覺十面埋伏，危機處處。阿殺立刻上前為他拆擋，國文也死命緊隨，但當繞到阿殺的跟前，不幸瞟到他彷彿要把人肢解的眼神，以及一聲「找死！」，國文心裏一怯，儘管只是一瞬間，已足夠令陳強擺脱追纏，輕鬆投進兩分。

國文隨即運球上前場反擊，骷髏魔橫移攔在他跟前。國文明白到自己絕不能被骷髏魔兇狠的氣勢所壓倒，於是刻意避開

他的眼神。他一邊施以迷惑敵方目光的跨下運球，一邊專注於骷髏魔的步伐，尋找他步法上的漏洞，趁他稍稍亂了調子，便立刻加速突破——突然間，國文感到手背一陣劇痛，籃球從手上飛脫；雖然球證即時吹罰骷髏魔打手犯規，但看到自己通紅一片的手背，還有骷髏魔犯規後仍露出兇巴巴的眼神，國文覺得自己正置身於黑社會的虐待恐嚇之中，又驚又怕。

在這片陰霾之下，國文和阿昌連番的進攻要不是投丟就是出現失誤；相反，猛虎三人猶如可怕的推土機，把對手的防線和自信夷為平地，讓陳強和浩波能夠從容取得分數，令雙方的差距漸漸拉近。眼下形勢愈見不對勁，黃 Sir 亦急急把阿 7 換出調入韋峰，而臭口鄭則以何祈克入替陳強。

一踏進球場，韋峰立即如草原上的獵豹運球疾走，浩波全神貫注盯着來勢，準備當他越過自己的一刹便以拍蒼蠅的敏捷速度搧走皮球。當韋峰逼近時，浩波心裏為自己發號令：「機會來了！」立刻一巴掌向籃球搧過去。眼看自己的手掌明明已觸碰到籃球，但奇怪是球依然在韋峰的掌心與地板之間跳彈往返……

「我不是已搧中球了嗎？」就在浩波泛起一秒遲疑，韋峰把球往浩波的胯下一推，然後立刻繞過他身旁大步疾走；當浩波醒覺過來把雙腿合上想擋住籃球時，韋峰已經遠去。何祈克衝上來協防，但才趨近，韋峰便突然轉往他的錯腳位走，毫不費勁擺脱了他。

「真沒用！這樣『姐手姐腳』也算是防守？」猛虎見隊友完全阻擋不了韋峰的前進，便急急的衝上前，以其寬厚的肩膊往韋峰的身體重重一挨，果然把他撞至失去平衡，幾乎跌倒。

「嘿！想闖過我的防守？妄想！」不過教猛虎意想不到的是，當韋峰要栽倒在地上的一刹，原本一直在他手上的籃球竟不翼而飛……未及細想，便聽到籃球擦過籃網時微細而清脆的聲音、觀眾興奮的尖叫聲，當然，還有球證判決追加罰球的哨子聲。

「怎麼回事？球，進了嗎？」猛虎無法想像為何球會突然越進籃網之中。

「他是在被你放倒前把球扔出，大概當時你正沉醉於那記防守吧……」何祈克淡然的說。

儘管國文、耀宗和阿昌都被猛虎三個近乎恐嚇的眼神和霸氣馴服得沒有火氣，但韋峰卻絲毫沒半點懼色，更多番跟猛虎硬撼，即使被撞至人仰馬翻，依然堅執地衝擊由猛虎和阿殺接管的防線，總算亦拖慢了對方追趕的步伐。

「死吧！」骷髏魔大喝一聲之後，那記抄截不知有意還是無心，又擊中韋峰的手背，雖然哨子聲隨即響起，至少再次阻截了對方的投籃機會。

眼看隊員三番四次被人家侵犯，黃 Sir 忍不住從後備席彈起來罵道：「球證，你看不到嗎？他們是恐嚇和襲擊我們的球員！根本不是比賽！」

臭口鄭則端出一副賴皮相：「唏唏唏！黃 Sir 你言重了！我們的球員看起來雖然殺氣騰騰，但犯規也是戰術的一種，況且球證亦有作出判罰，而他們的犯規也沒有向你們的球員作出傷

害，你又奈我如何？這樣的碰撞也受不了？難道你的球員是紙紮而成？」黃 Sir 氣得滿面通紅，接不上話來。

「我沒事，黃 Sir ！」韋峰在場中喊叫説：「球證確實已對他們的犯規行為作出適當的判決，他們只是靠惡相嚇唬我們，根本沒什麼本事，大家不用自亂陣腳！」觀眾聽到這話，猶如聽完國家領導人演説後，報以如雷的掌聲。

黃 Sir 和國文、阿昌等彷彿在霧中乍見出路，豁然開朗，剛才的惶恐和慌亂，亦剎那間消失。一直咧出陰險笑容的臭口鄭，此刻的面容卻僵住了。果然，阿昌和國文亦從驚恐中回復正常，多次與隊友作悦目的傳球配合接連得分，再次將比分一點一點的拉開。隨着時間的流逝，眼看球隊仍跟對方有雙位數字的差距，儘管未有想出什麼辦法，但臭口鄭還是叫了一次暫停，當作盡了一個教練垂死掙扎的義務。

霎時感動

「剩下不夠三分鐘，我們仍遠遠落後 12 分，還有辦法追上去嗎？」浩波心急如焚的跑到臭口鄭跟前。

「沒辦法，能做的，就只有繼續掙扎……」臭口鄭無奈的

說。

「喂！你是我們的教練！想想辦法吧！」何祈克像一頭迷途羔羊，祈求有人指點迷津。

「對不起，如有辦法，我早就告訴了你們……只是你們也知道，我根本只是個冒牌——」臭口鄭話只說了一半，浩波便插嘴道：「你別這麼說吧，大家也別這樣喪氣吧……」

「韋峰很有型呀！」

「他們簡直是一班小丑！」

「嘿嘿！這個臭口鄭還在扮教練，真不知醜！」

「我也不明白，為何有人的臉皮可如此粗厚……」

陣陣的嘲笑再次如波浪般淹沒整個場館，見到同學們看着自己出了洋相後滿足的神情，又見到校隊每個成員都跟漫畫內的俊美少年般高大有型……這一刻，即使鬥志最旺盛的浩波，也彷彿置身於四面楚歌的垓下之圍，再也無法說出一句能夠說服到自己的鼓勵話。

「唉……算了吧，其實我們這麼賣命、這麼着緊，是很無聊的。」陳強深深的歎了口氣說。

「你或許說得對，即使我們怎樣努力，也永遠不會得到同

學們的簇擁、不會得到女同學的歡心，即使勝利也得不到大家的歡呼贈與！在他們心目中，我們永遠都只配做嘍囉、當反派！又贏不了比賽，又要被人無日無之地恥笑……」大舊亦慘白地應道。

何祈克緊握拳頭激憤地說：「可惡！可惡！這些人真的很討厭！只有欣賞討好的人！你們不支持倒算了，為什麼老是要打擊我們，這班人，根本只是不懂籃球為何物的廢柴！」

聽到連番殘酷但真實的喪氣話，各人都頹然坐在後備席上，被徹底擊沉了。

「哦？原來你們一直也沒有死心！我早說過，你們想賺取女同學的讚美聲根本是天方夜譚！」臭口鄭顯得有點驚訝，然後搖搖頭說：「廢柴都是這樣子，又想成功，卻怕出洋相，被人家恥笑幾聲就想逃避，嚷着要放棄……」

雖然這顯然是一番無情的搶白話，但見臭口鄭說時沒有挑釁欠揍的嘴臉，還顯得一臉歎息，各人也無心發作，只顧繼續沉溺在一份無奈與絕望中。臭口鄭見他們沒有反應，便逕自的說：「你知道我為何常常說你們是『廢柴』？因為你們有時真的跟我所認識的『廢柴』很相似……」此時，阿殺率先按捺不

住，揪起他的衣領要發泄。臭口鄭卻不作反抗，還說起一個令人「霎時感動」的故事：

「二十多年前，有一個年輕人，他很想得到人家的認同，作為自己向前的動力。可惜他一生像交上了惡運，即使如何努力，都得不到其他人的肯定，亦不受任何女生的青睞。他抱怨自己經常遭人輕視，因為別人嘲諷的目光而否定自己努力的價值。自此以後，他認為天下間所有人都是廢柴，覺得命運永遠在播弄自己，身邊的廢柴都阻礙自己。」

臭口鄭竭力故作輕鬆，但嘴角卻激動得不由自主地抽搐。

「現在他四十歲人，一事無成，沒有人喜歡他，他依然覺得其他人是廢柴，依然認為得不到別人認同是自己欠運。可是這兩天，他忽然明白，自己根本沒有認真追逐夢想，只是追求別人虛浮的認同。過往他認為取笑那些不自量力的傻子很有滿足感；今日，他卻很後悔沒有為自己的夢想，甘願做別人的笑料，在謾罵聲中仍堅執夢想……」

雖然場館內喧鬧異常，但臭口鄭這番話，一字一句，無不觸碰着浩波、猛虎等人的心臟，使他們陷入一片深深的沉默中。

「只剩下三分鐘，即使再難受，大家也拚過去，好嗎？」臭口鄭抑壓着內心仍然翻騰的情緒，對大家作最後的鼓勵。

大家應不上什麼話，只有浩波仍能強忍激動説：「謝謝鄭Sir，還有什麼指導？」

「有！要像一頭餓極發瘋的惡狗！即使是屎，即使訕笑聲再大，也要不惜一切發狂拚搶！」臭口鄭愈説愈激動，説到「拚搶」兩字時，更像是一頭沉睡老獅的終極咆哮。

「好！殺呀 ~~~~」各人都亢奮地緊握拳頭吼叫起來，散亂沒焦點的眼神，此刻都重現了鬥志。

最強「餓狗戰術」

最後 3 分鐘	
「真係勁」:	浩波、何祈克、猛虎、阿殺、陳強
「玉面飛龍」:	韋峰、國文、阿昌、耀宗、阿 4

當國文開出邊線球的一剎，竟有種走進蠻荒森林的感覺 —— 他們的對手，不再是五個嘍囉，而是鐵了心飢不擇食

的野獸。何祈克率先發狂似的撲上來要搧走籃球，但球總算落在耀宗手上，不過很快浩波已經掩至，像螺旋槳般發動雙臂干擾着耀宗，不僅完全截斷了對方任何傳球的路線，更把耀宗的雙眼迷惑昏花。

「討厭！」耀宗心裏暗叫，想稍稍退後拉開一點距離，卻感受到有人已頂住了後路，而且還想從左右兩方伸手要撥走籃球。或許耀宗抵受不住這種擾人的防守，心裏一急，邁起大步竟要硬生生闖開這道防線；果然浩波一個站立不穩，頓時往後摔了一交。

「咇咇——」

球證吹響哨子的一刻，觀眾見球證竟判罰耀宗進攻犯規，紛紛議論：

「進攻犯規？不是嘛……怎麼可能？球證即使鋤強扶弱也不用這樣無法無天！」

「唏！那個浩波坑了耀宗犯規還一副得意洋洋的樣子，令人光火！」

雖然在這次攻防戰中被浩波佔了便宜，但在 12 分的領先優勢下，耀宗也只是聳聳肩歎自己倒霉。即使隨後又被陳強投進了一記兩分球，仍不至於令他感到憂心。

韋峰才運球越過半場，浩波再一次猶如一頭掙開了鎖鏈的唐狗，向擅闖民居的陌生人撲過去。看到他一臉着魔的神情，即使比賽經驗豐富的韋峰也心下一怯，但要避過這種有勇無謀的防守仍是綽綽有餘。他把身體向左一晃，要從對方的右方鑽過去，浩波自然也跟着晃，卻料不到這只是虛招，韋峰見他的重心已往右傾，便立刻從另一方引球邁步大走，輕易擺脱了糾纏。然而，當他越過浩波，阿殺和何祈克又像兩頭狼狗似的撲過來。在這千鈞一髮之間，韋峰嘴角卻露出笑意——他明白到，這種向持球者空羣出擊，作出如發瘋似的壓逼性防守雖然厲害，可是同樣有很大的漏洞，只要他能及時把球傳交予隊友，得分便如探囊取物。

就在這兩頭狼狗撲過來的空隙之間，籃底下無人看守的阿昌正向他打眼色。韋峰急急雙手把籃球端在胸前，要運勁一推，就在此時，一條手臂和半個頭顱居然在他的腋下探出來，指尖一挑他手上的籃球，球立時從掌心之間往上甩。韋峰一驚，想要搶回那球，可是在這個念頭通過神經傳送到手臂肌肉之前，皮球已落入阿殺手上，那條神祕的手臂亦從他腋下撤走。韋峰轉個頭來一看，只見這頭偷吃成功的小貓原來是浩波。

「嘩！真嘔心，竟然穿過人家的腋下搶球！從沒見過有人這樣打球呀。」

「這幫人簡直破壞了籃球美學！」

「哈哈，為了追近可憐的兩分，竟然要嗅韋峰的腋窩也在所不計？」

雖然浩波此舉引來全場的訕笑，但當陳強因此而多取兩分，浩波居然沒絲毫尷尬，還狠狠地跟陳強擊掌慶祝！

「為了拚每一球，竟然把面子洋相等觀念徹底拋開，這人真恐怖！」韋峰見到浩波拚死般的勇猛，亦感到不寒而慄。

雖然比分差距進一步縮減至 8 分，但臭口鄭望望手表，原來轉瞬間已消耗了一分鐘，只剩下兩分鐘不到的時間。儘管「玉面飛龍」被這班勇猛的嘍囉對手逼得有點狼狽，但知道只要拖慢節奏和保持控球權，勝利仍是唾手可得。所以國文接過耀宗的傳球後，也不急於立即搶攻，而是緩緩地運球上前場，務求耗盡 30 秒的進攻時間。

阿殺深明對方的心思，二話不說便攔在他跟前；國文不僅沒絲毫畏懼，還以原地跨下運球作挑釁狀，急速的拍球聲，挑起阿殺的躁動情緒。國文後退一步，他就趨前一分；向左移一點，他又緊緊相隨，在僵持數秒之後，阿殺終於按捺不住，一撲過去——

國文心想:「嘻，中計了！」然後輕輕一晃讓阿殺撲個空，隨即立刻以高速切入籃底（呀——），縱然猛虎和阿殺挾着濃濃殺氣衝過去包夾他，但國文毫無懼色（呀——），更高高躍起，幾乎要跳到猛虎的肩上，鼓起餘勁將這球投出。

「呀——」一道慘烈的叫聲由遠而至，一隻把五指伸展極致的手掌瞬間在國文的視野中出現，在籃球進入無人可阻擋的彈道之前，這隻手掌的某根指尖居然戳中籃球，改變了球的航道，將這必入一球弄至連籃框也沾不上。更教人意想不到的，在封阻了國文的這一球後，那人猶如一名海中遇溺者，雙手在空中死命的亂抓，居然抓下了這記籃球板！

「呀——」那個搶了籃板球後繼續嘶叫的人，竟然又是阿殺！

「怎麼可能！剛才明明被我越過了，怎會這樣快就能趕到籃下還截住我的投籃？」對於阿殺這種如移形換影的身法，國文實在無法置信。而他把握這一剎那的間隙急急遁走，猛虎幾個原本在後場協防的，亦紛紛四散在前場，像實驗室裏的果蠅般不斷游移，以擾亂視線和打散對方的防守部署。

阿殺從後場把籃球奮力一推，球如隕石一樣衝向猛虎，猛虎一下接住，在阿昌起動攔截之前，就已把球送到何祈克的懷中，而何祈克未待對方有反應就又把球推向已趨近籃下的陳強。看到他們傳球時如彈珠機般教人眼花繚亂，不僅觀眾席上的同學，就連黃 Sir 也心下涼了一截。

「頂着他！別讓他轉身面向籃板！」韋峰大聲喊叫，耀宗像接收到指令的機械人般，拚死的從後頂着陳強，讓他始終背向着籃框。陳強見投籃機會被阻，又立刻把球交給正從後場跑上來的浩波。

就在球脫手的一剎，陳強聽到浩波叫嚷：「不好！」心知不妙，原來韋峰已如忍者般瞬間抄截到籃球。浩波急急橫移身體擯着他，韋峰卻沒有跟他硬碰，反而靈巧地以背部抵着浩波，乘勢滑到他的身後直衝向籃下。不過浩波還未放棄，嘶叫一聲便提氣發足狂追，居然能反過來趕在韋峰前頭。就在眾人以為這球又會被他封截時，韋峰突然剎停雙腳，浩波卻來不及

剎住，猛力向前衝，球鞋跟地面磨擦出刺耳的「唧」一聲，便失去重心倒在地上。韋峰從容地以指尖輕輕一送，籃球劃出優美的弧線，刷出清脆的進網聲。

「又再被拉開10分的距離？」牆上大鐘顯示還剩下二分四十秒。環顧觀眾席上向韋峰致以興奮的尖叫聲，浩波突然感受到四面楚歌，天旋地轉，在轉呀轉呀之際，他看到人叢中的雪樺，跟其他同學一起熱烈拍掌，雖然人聲鼎沸，從嘴形仍看出她隨着眾人的打氣聲一起叫喊着：「好波！加油！」

這刻，浩波竟像婆媽劇的主角一樣閃爍出感動的眼眸，因為他看到雪樺的視線是對着自己的，雪樺這句打氣話，是衝着自己而說的——她不是向校隊高呼「好波！加油！」，而是向自己說：「浩波，加油！」

他忽然明白，即使被眾人唾棄，至少還有一個人隱藏在噓聲中，默默地支持自己。

最後10秒

雖然餘下的時間變得如高山的氧氣般稀有，但浩波的身體彷彿注入了無窮能量。何祈克、猛虎等亦不甘被無視甚至被歧視，全都懷着討債般的眼神急起直追。

縱然校隊連番進攻也成功取分，但浩波和猛虎亦雙雙以三分球還以顏色，令兩隊只差 8 分的距離。

這一趟，阿殺從底線策動快攻，皮球落在邊線遊弋的何祈克手上。體形比他魁梧得多的耀宗立即抵着他的背部，而阿 4 亦守在他身旁夾擊。何祈克一個踉蹌，幾乎要絆倒在地。

「給我！」何祈克聽到猛虎的叫喚，但沒法瞟到他的確實位置，只好憑聲線方向和感覺把球往橫一撥；籃球擊向地板後剛好穿越阿 4 的胯下，不偏不倚的彈進趕到接應的猛虎掌心之中。猛虎為要加快運轉速度，球一到手，又立刻把它推向在罰球線揁着韋峰的陳強。陳強接過球後，稍稍駝起背部、讓臀部抬起「開路」，一步一步把擋着前路的韋峰逼向籃底。韋峰輕輕把手按在陳強的背部，以掌心感應他的行動，只要他一旦轉身投籃，便立時封阻。阿 4 亦衝向陳強跟前，想抄走籃球。陳強腹背受夾擊，便把球回傳給猛虎，但猛虎往左右瞟了瞟後，又把球交回陳強手上。

韋峰暗忖：「他們老是把球塞到陳強手裏，莫非這次是以這個『小矮人』作攻勢點？既然這樣，便要盡全力頂着其去路，耗盡他們 30 秒進攻時間！」然後便向隊友使個眼色，着他們多留意配合陳強的猛虎和阿殺之動向。陳強似乎定意要強行壓向籃底，他索性將身體的重心移向臀部，猶如攻打城池般一點一點衝擊着韋峰的防線。一直在各人視線之外的何祈克，此刻突然高速如一把利刀從底線反刺出來，顯然是要跟陳強策應。原本膠着的狀態一下子變得緊張起來，國文和阿昌不約而同的衝過來要防守。陳強往何祈克的方向把球扔過去，可是大家很快便察覺，這記傳球的力度和高度根本不是何祈克能夠接住的。正當國文和阿昌以為這是陳強的一次傳球失誤，韋峰卻忽然叫喊：「封阻他！」

原來這記傳球剛好落在站於底線角落、四野無人的浩波手裏！國文和阿昌發現自己中了圈套時，浩波已經架起一副準備投籃的姿勢，死命的盯着籃框。韋峰等人都清楚浩波每次瞄準射三分球時，都要「石化」接近三秒才能夠起手投射，所以他和國文都一湧而上要阻截他的投籃——3——

國文展開他右手的五指山，浩波感應到一襲黑影正逼在自己的頭上——2——

陳強已經穩站在籃下，準備一旦浩波投丟了也可以搶到籃

板球；但見國文和韋峰已近在咫尺，浩波仍然點穴似的僵立着——1——

「動呀！快點動呀浩波！」眼看國文的手掌快要封在籃球上，臭口鄭禁不住從後備席跳起來喊叫，但他心裏估計浩波這次起手實在太遲，國文肯定可以封阻這次投籃——0——

浩波終於動了！但他竟將身體往後一仰，扔出一記拋物線足可跨越兩樓層的投球。國文的手掌雖拍不中籃球，卻狠狠的擊在浩波臉上，這一掌頓時把他拍至面容扭曲，連眼睛也睜不開。浩波在劇痛之下，根本無法看清這球是進，還是不進……

霎時間，場館內一陣空氣凝住的死寂。浩波揉了揉眼睛，視力從迷糊漸漸回復清晰，他望到計分牌上「真係勁」已經多了 3 分！而且因為國文摑到他的臉是犯規行為，浩波還額外多了一個射罰球的機會！結果，連那個罰球也投進以後，一下就把比分收窄至 4 分的差距。

「冷靜冷靜！我們仍佔有優勢！不要自亂陣腳！」黃 Sir 從後備席中向隊員打氣，希望安撫他們稍為擾亂了的節奏。話未語畢，當阿 4 從底線傳球給國文時，何祈克又已奮不顧身竄過來在中途截去了球；可是，由於衝力實在太大，他竟連人帶球直向後備席衝過去——

一剎那間，何祈克明白自己難逃撞向後備席的命運，但為了使自己的犧牲更有價值，何祈克悶哼一聲，鼓起餘勁將手上籃球往後一拋，然後便如一個發動恐怖襲擊的烈士，悲壯地「轟炸」在後備席的椅子上……

「我不會讓你白白的犧牲！」浩波似乎猜知何祈克的心意，俯身踉蹌地搶過籃球，雖然阿4已起身要搶到他跟前，但也晚了一步，浩波在無人看管下又投進兩分。

儘管沒獲得掌聲，但浩波仍向何祈克——這記入球的最大功臣振臂歡呼。可是，何祈克此刻在被撞得散亂的後備席上，痛得不斷掙扎。臭口鄭立時叫了球賽僅餘的一次暫停。

「我……我不行了……痛……」何祈克呻吟道。

眼見何祈克是不能繼續比賽的了，雖然大舊跟他根本司職不同位置，也只好由他頂上。

「只剩下十多秒，還落後兩分，我們的『快馬』何祈克又傷出，而且更是對方的控球權，我們該怎辦？」阿殺一臉憂心地說。

「盡快犯規，把他們送上罰球線，免得他們把餘下的時間消磨淨盡！」臭口鄭這套戰術，自然是從電視直播 NBA 球賽學來的。

「但讓他們射罰球對我們有什麼好處？會否再給他們拋離——」阿殺正想追問下去，浩波插嘴道:「我們已沒有選擇，只能一賭運氣！」

果然，當「玉面飛龍」開出邊線球後，陳強二話不說便衝前攬着接到籃球的阿昌——呲——球證哨子聲隨即響起，判給被侵犯的阿昌兩次罰球機會。

「嘩！這個『矮人』贏不了別人，竟硬生生攬住了阿昌！過分！但他也確是笨蛋，因為阿昌的投射很是神準。只要投進這兩個罰球，這班『怪獸』根本沒可能勝出！」Psyche 對身旁的雪樺呢喃。

雪樺專注地盯着球場，虛應道:「對呀，對呀……」可是，她心裏卻期盼這兩個罰球統統投丟。

站在罰球線上的阿昌，本來從容的臉亦變得繃緊，架起投射的姿勢瞄準了良久，還是不敢把球甩出。觀眾由屏息靜氣的等待，到漸漸零星發出不解的私語聲，阿昌心裏一慌，指尖把籃球一推，球居然打在籃框上再反彈到地上。

場內不約而同發出惋惜聲，阿昌一臉毛躁地搖了搖頭。韋峰明白在這關鍵時刻站在罰球線上所承受的巨大壓力，便輕拍他的肩頭以作鼓勵。儘管阿昌了解韋峰的心意，但繃緊的肌肉和神經始終無法霎時就放鬆下來，結果第二記罰球，也投丟了。

阿殺和猛虎顯然也作好對手投丟罰球的準備，在籃球從阿昌手上甩出的一刻，他倆已穩穩地卡在眾人的前頭，確保這籃板球不會從他們的掌中漏出。由於只剩下不到 12 秒的時間，韋峰估計對手一定會策動快攻以求早點進球，所以他聰明地在阿殺跟前不斷舞動雙手，以免他能輕鬆作出長傳。眼見阿殺陷入這困境，本來已在前場準備接長傳的浩波，亦匆忙跑到阿殺跟前策應。

10 秒 —— 韋峰暗忖：「嘿嘿，浩波前來接應嗎？正合心意，他的運球技術不濟，只要我多施一點壓力，他應該會出現失誤！」

9 秒 —— 韋峰猶如一隻鎖定攻擊目標的老鷹，把浩波視為一隻肥美的小雞，纏着不放。

8 秒 —— 為了護着籃球，浩波狼狽地彎着身體緩緩前進，韋峰的雙手左右抄探，就像鋭利的鷹嘴要盜走初生的雞蛋。在瘋狂的壓逼下，想到只餘下 8 秒，浩波可以做的，就是絕望地保護着籃球。

7 秒 ——「交給我！」在密不透風的防守中，猛虎已跑到韋峰身後，而韋峰聽到後方原來有敵方接應，雙手便反射性揚起，阻止浩波在自己的頭頂上傳球。

6 秒 —— 浩波咧出一絲獲解困的笑容，卻把球往韋峰的身旁一撥 —— 原來猛虎在呼喚浩波的一剎，已同時竄到韋峰旁邊，雖然在電光火石間韋峰想要把揚起的手縮回再橫抄那記傳球，卻是為時已晚，再追上去時只能跟在猛虎身後。

5 秒 —— 此時韋峰卻瞟到浩波沒有走進籃下，反而直奔向底線角落 ——「想投射三分球置我們於死地？倒想得美！」雖然國文和阿昌等也向着運球的猛虎一擁而上，韋峰卻發足追趕已走到空位的浩波。

4 秒 —— 就在快要被人圍堵的時候，已闖入籃底的猛虎卻高高躍起，國文等見他要強行上籃，自然不敢怠慢躍起舉手架在他前頭攔截，一直盯着籃框直「飛」向籃下的猛虎，竟突然手腕一轉，使勁一送，皮球果然如韋峰所料交給角落的浩波。

3 秒 —— 浩波接住了球，立刻如化石般架起瞄準的姿勢。被騙倒的國文、耀宗等，雙腳着地後立刻向浩波追過去，希望盡量補償這個「錯誤」；而韋峰只差兩步，便可以搶到浩波跟前。

2 秒 —— 浩波依然維持化石狀，但韋峰已經快要搶到他面前，並伸出一巴掌硬生生要把籃球封下。就在快要搧中皮球的一剎，浩波再次後仰跳起，然後勉強往籃框一扔。

1.5 秒 ——「贏定了！這記投籃如此匆忙，而且這麼低的拋物線肯定連籃框也沾不上！」韋峰咧嘴一笑，卻見直墮落在地上的浩波，臉上不僅沒閃出失落的神情，雙眼還一直盯着籃下的情況，立時別個臉一看 ——

1 秒 —— 原來這記根本不是投籃，浩波是傳交給入楔在籃底下的陳強！剛在他身旁的阿昌，在沒有思考的餘地下，趁對方揚手投籃之時，出手使勁狠狠一拍，他沒搧中皮球卻重重拍

9.-- 秒
6.-- 秒
5.-- 秒

4.--秒
2.--秒
1.5-秒
1.--秒

在了陳強手臂上。但陳強顧不上悶哼，反而將全身勁兒貫注在手臂上，再淒厲地發出「呀——」的一聲慘叫提氣，堅持將球投上籃框……

0 秒——哔——大鐘顯示比賽時間已走到盡頭，可是球還在籃框上跳彈打轉，觀眾屏息靜氣，各自冀盼着別讓這球掉進籃網內……只可惜天未從人願，球，仍是「無天理」的穿過籃框——平手，這班嘍囉兵團竟然與舉止優雅的「玉面飛龍」打成平手！當在場的觀眾還未及將惋惜化成怨聲時，球證竟判予陳強一個罰球機會……

「瘋狂！」

「球證有病嗎？平手便加時，怎可能給這班怪獸一個罰球機會！」

觀眾瘋狂的起鬨抱怨，但黃 Sir、阿昌等卻臉色慘白、一臉頹然，大概他們心裏也清楚這是一記無可爭議的罰球，只是無法接受這事實罷了。

陳強把球投出的一剎，全場也靜默了——就像看到正義有型的超人，竟然慘死在又衰又賤的哥斯拉腳下。

勝利．然後……

「你以為自己贏了冠軍嗎？才贏了一場比賽便自以為了不起，呸！」

「地球滅亡啦，地球滅亡啦！這些怪獸竟然也可以勝出！」

「被這班人贏了，我想會是校隊成員不能磨滅的陰影。」

「我想我今晚也會睡不着……」

望着計分牌記下 55：54 這比數，臭口鄭、浩波、陳強、猛虎、骷髏魔、阿殺、大舊和何祈克高興得扭作一團，並在觀眾所吐出的不屑聲中接受勝利的加冕 —— 果然，到最後他們也沒有得到支持的歡呼聲、女同學仰慕的眼神……

望着同學四散的觀眾席上，只餘下幾位清潔大嬸在打掃，臭口鄭亦從極樂中稍稍收斂笑容說：「你們看看？果然真是沒有人為我們的勝利歡呼。」

各人望望這個人去樓空的場館，心裏隱隱透出莫名的歎息，但臭口鄭說：「最厲害的人，不是受到萬千擁戴然後獲得成功的人，而是即使被人無視、唾棄，亦不會以得不到別人認同為藉口、不肯向倒采聲妥協、不肯放棄自己的夢想！」

可能大家已作戰得累極，對於臭口鄭今日接連發出這些

「豪語」竟未及反應。臭口鄭的興致卻甚高，接着說：「你們這班『廢柴』，真是了不起！我們一於去吃頓好的，慶祝慶祝！」

此時眾人同聲歡呼：「鄭 Sir 萬歲！」

「別搞錯，是 AA 制而已。」臭口鄭連忙補上。

「車！」大家一番起鬨之後，便掛上背包，挾着臭口鄭吵吵鬧鬧的步出場館。浩波臨走前再次回頭，細味剛才的每一刻，心裏卻隱隱然泛起丁點的失落——雖然他本來也沒有多大的期望，但多少有一絲寄望雪樺在完場後，會留下給他一句窩心的支持話，或讚賞自己的微笑……

浩波為自己過多的幻想苦笑，然後探進背包內想掏出水樽，竟然又摸到了一樣東西，掏出來一看，原來又是一包蛋糕，包裝袋上又是貼了一張小紙條：

> 你這個笨蛋，竟然連校隊也能擊敗！
> 但這次你們死定了！竟把我們最仰慕的
> 章峰都打敗！
> 這包蛋糕你務必要等待過期才可以吃，
> 把你吃得肚瀉，好讓我替他們報仇 :P

浩波忍不住「噗」的一聲笑了出來，喃喃自語：「她當我是非洲飢民嗎？怎麼老是送我蛋糕？」可是他卻佇立着再三回味，直至臉上發情的笑容被轉個頭來的阿殺發現，他才急急把那包蛋糕塞回背包內，樂呼呼的上前與各人會合。

這場勝仗以後，一切也沒有改變，浩波、陳強和何祈克依舊賺不到女同學仰慕的目光，在學弟心目中依舊是「以大欺小」的傢伙；即使雪樺，仍是那個事事也跟浩波搶白的小辣椒。

「核突佬，怎麼你每次小息以後，都像經歷過黑色暴雨一樣？」雪樺見到浩波拖着濕漉漉的軀體返回座位，又擠出一臉厭煩罵道。

「比賽嘛，當然要加緊練習。」浩波沒好氣應道。

「還未落敗嗎？你這班嘍囉這麼好運，還沒有輸掉比賽？」雪樺好奇問道。

「哈哈……早就輸了啦！這次是另一個比賽呢……」浩波失笑道。

雪樺不屑回道：「真沒用！」

浩波懶得理睬，伸手進背包內掏紙巾，卻發現多了一件軟綿綿的異物，掏出來一看，原來是一塊柔軟的毛巾，還貼上一張便條：

> 唔好波：
> 希望你星期六的比賽能贏吧！雖然輸波對你來說根本習以為常，呵．呵．呵。
> 永遠咒詛你的人
> 雪樺

望着那「咒詛」自己的便條，浩波沒說什麼，小心奕奕把這張便條撕出來，珍而重之將它放在塞滿了類似便條的文件夾內，然後才淡然的說：

「你這個刁婦，那麼想看我落敗嘛？這個星期六我們的對手十分強勁，更有本地甲一組聯賽的成員助陣，我們肯定會苦苦掙扎甚至大出洋相。」

雪樺拉出一副幸災樂禍的腔調說：「真的嗎？太好了，我一定到場看看你們究竟怎樣被人蹂躪！」

說罷他倆暗暗咧出絲絲的笑意，儘管二人仍是一派嘴硬。

感謝您選了這本書，閱讀以後，
您有沒有一些啟發，一些感想？我們期望你的聲音。
請登上 www.btproduct.com/book，
在「讀者回應卡」頁面內填寫。謝謝。

周淑屏
雙城奇緣

雙城奇緣
作者／周淑屏
策劃編輯／賴百樂
美術設計／陳詩韻
插圖／孫威軍
出版發行／突破出版社
香港沙田亞公角山路 33 號突破青年村
電話：2632 0000　傳真：2632 0388
電郵：breakthrough@breakthrough.org.hk
網址：http://www.breakthrough.org.hk
http://www.btproduct.com
承印／新世紀印刷實業有限公司
2022 年 1 月初版 1 刷

Two City Connection
by Chow Suk-ping
First Printing, First Edition, January 2022

Printed in Hong Kong
ISBN 978-988-8562-59-6

誠邀閣下就突破出版社的書籍發表意見
歡迎加入突破書籍 Facebook page — http://www.facebook.com/btbooks.page
本書採用環保油墨印刷

成長文學

目錄

第一章：還有貓要餵

「真的不來機場嗎？我要入閘了！」

碧深一直以為芯慧只是口硬說不來送機，其實暗地裏會來，躲在機場的一角偷看她。現在，她將要入閘，芯慧該現身來個擁抱，至少握握手吧！

她明白芯慧既不喜歡擁抱也不喜歡握手，基本上她討厭任何身體接觸。可是，這不是別人，是認識了十二年的朋友啊！且還一起創業、一起買屋、一起住、一起餵貓……

碧深想起昨天的狼狽景象。

昨天是「七一」，兩人還一起遊行。前一晚，碧深吃了芯慧煮的餃子，之後半夜一直拉肚子，幾乎沒睡過。第二天她堅持去遊行，因為那是離港赴台前最後一次七一遊行了。勉強支撐完成遊行之後，還是一直拉肚子，直至今天大清早強撐病體出發往機場，一人搬三個大皮喼行李，芯慧都沒幫忙，她仍躲在被窩裏裝睡。

怎可能睡得着？相識十二年的好友要移居台灣了，而且搬動行李這麼大的聲響，住在樓下的也聽得見吧？怎還睡得到？她一定是裝睡。

這人最喜歡逃避，遇上不順心的事就躲起來。

之前芯慧是碧深的下屬，原屬部門的同事。因為芯慧從來不說話，大家都以為她是啞的，前上司認為她不能和同事溝通，想辭退她。碧深的出版部門剛好需要設計師，於是接納她調部門。成為她上司一年後，芯慧才跟碧深說第一句話。

「書展前一大堆書趕付印，一定要留下來加班！」

「要回去餵貓。」

「要回去餵貓。」是芯慧跟碧深講的第一句話。後來碧深才知道芯慧要回去餵的，不是自己養的貓，是家附近的街貓。

碧深一直認為芯慧有自閉症，只差沒有逼她去看精神科醫生。她曾在網上查閱有關自閉症的資料，上面是這樣說的：

自閉症（autism）是一種由腦部發育障礙所導致的疾病，其特徵是情緒、言語和非言語的表達困難及社交互動障礙，會對限制性行為與重複性動作有明顯的興趣。自閉症類羣障礙的症狀在小時候就很明顯，除了社交困難，還有溝通障礙、重複性的行為。他們對周遭的人可能不理不睬，很少會主動打招呼或說再見，他們無法了解他人的慾望、信念、意圖、情緒。

面對周遭環境的變化，可能會使自閉症類羣障礙的人很苦惱，他們也會出現強迫性特質，例如，沉迷於固定的回家路線，不會探索新東西。他們還有重複性特定的且具侷限性的興趣、習慣和行為，例如：一定要坐在某個位子、看某部電影、繞着電風扇轉圈圈……且行為是持續存在。*

對了，芯慧就是有這些特徵，只是她症狀不算嚴重，在生活上能夠自理，而且對人畜無害，碧深覺得自己這麼愛說話，有一個不愛說話的人在身邊也不錯，便認為自己可以和芯慧相安無事。

五年前，碧深因為和上司不咬弦，辭掉了出版社總編輯的工作。她知道下一個總編輯一定不肯要芯慧，於是帶着她一起走。

之後碧深和芯慧一起從事幫人自資出版的工作，可都是白忙沒錢賺。因為自己從前當過教師、編寫過語文教科書又愛寫作，她想開一間工作室教中小學生寫作，讓芯慧負責設計教材和把教材放上網宣傳。

找地方開工作室時，兩人跑遍了油尖旺，一間三百呎的辦公室也要租萬多元，兩人還要各自支付自己住的房子的房租，怎負擔得來？最後碧深決定租一個有兩房一廳的商住單位，兩人各住一間房，大廳用作教室，芯慧也同意了。

但是，在油尖旺區有兩房一廳的單位租金就更貴了，兩人找了很久，終於找到一間在深水埗地鐵站旁舊樓頂層的七百呎兩房一廳單位，還附送同樣大的天台，租金一萬六千元。

簽租約前，地產經紀說：「這間屋可租可買，供樓的錢比交租更便宜。」

「那就買了吧！」

這是繼「要回去餵貓」之後，芯慧口中更令碧深震驚的話。

碧深以為多年來一直只做書刊設計師的芯慧不會有多少積蓄，卻原來她離世的父母共留下了過百萬的保險金，而之前高薪厚職的碧深素有積蓄，於是，二人合資把這舊屋單位買了下來。

看看手機的時間顯示，飛往高雄的航班還有一小時就要起飛了，芯慧真的不來嗎？萬一她正趕來了，我卻入了閘；萬一她千辛萬苦趕來了，卻只看到我入閘時的背影；萬一她躲在某個暗角剛鼓起勇氣要跑出來……碧深的心中有很多萬一，差不多要進位到千一了！

碧深起初辦投資移民時，是邀請芯慧一起的，連在台灣開的公司，也以二人在香港開的「深耕工作室」為名，到了台灣延續這二人合力開展的工作就好！自己去了台灣，還可以在網上教香港學生，繼續做編輯工作，芯慧呢？她的書籍設計、插圖的工作收入不穩定，而且工作都是碧深幫她接的，她又沒有朋友……

然而，碧深每次跟芯慧提起移民，她的答案都一樣。

「到了台灣那邊還可以呼吸自由的空氣……」

「還有貓要餵。」

「那些都是街貓，又不是你養的，其他人也會餵牠們……」

「還有貓要餵。」

「台灣也有貓……」

「還有貓要餵。」

碧深知道患上自閉症的人都不容易適應新環境、新朋友、新貓，芯慧每天從地鐵站回家、去餵貓都走同一條路徑，每天早餐都是吃花生醬塗方包，連枕頭都永遠是睡同一面。

世界哪裏都有人、有貓，但那不是香港的人、香港的貓。碧深知道芯慧捨不下香港的貓，更捨不得香港。

她拿起手提袋，頭也不回地朝離境閘口走去，她明白，芯慧不來送她是應該的。

※　※　※

在開往高雄的航班上，在手機要轉為飛行模式之前，碧深不能自控地在 WhatsApp 打上這幾行字：

「一貓、二貓、三貓，被遺留在香港的芯慧有什麼問題，遇上了什麼解決不了的問題，你們一定要告訴我！」

一貓、二貓、三貓是碧深和芯慧在天台發現的街貓。他們搬來後不久，時常聽到樓頂傳來的貓叫聲，循聲去找，在天台發現了一貓、二貓、三貓。牠們住在這裏比碧深和芯慧都要久，她們才是後來者、入侵者。

一貓是一隻三色貓，身上的毛是啡色、黑色、白色，但是啡色的多，所以看上去髒髒的。在寵物店看到的三色貓是白色的毛多，所以比較漂亮。也許一貓並不是真的三色貓，是一隻雜色貓，總之看起來是髒髒的、兇兇的，不討喜，不會有人把牠抓回家養就是了。

二貓是一隻全黑的貓，眼睛是綠色的，很怕生、很怕人，牠該是受兇猛的一貓保護的小弟吧！

三貓是隻小黃貓，某天下暴雨之後，碧深在天台的雜物櫃下發現了全身濕漉漉的牠，牠冷得整個身子在發抖。芯慧把牠帶回家去照顧，直到牠又能跑能跳了，才把牠放回天台。

「我們不養牠嗎？牠這麼小，自己很難生存！」碧深問。

芯慧沒回答，碧深知道芯慧只會餵貓、照顧貓，卻從沒養貓。

三貓被放回天台之後，一貓對她們變得友善、二貓也不再怕她們，也許牠們是感激她倆救了三貓。

初時碧深提議要給三隻天台貓改名，芯慧說：「又不是我們養的。」但碧深認為貓有了名字，說起牠們時才知道是說哪一隻，於是，為牠們改了不是主人會改、不是寵物會叫的名字——一貓、二貓、三貓。

碧深在出版社工作時，很喜歡公司給她的手機號碼，在離職時，懇求行政部的同事把號碼讓給她，然後，用一張儲值卡保留了這號碼，還心血來潮用一貓、二貓、三貓的名字、相片開了一個 WhatsApp 帳號，窮極無聊時，會向這帳號發訊息。

※　※　※

當碧深發了「被遺留在香港的芯慧有什麼問題、遇上了什麼解決不了的問題，你們一定要告訴我！」的訊息給一貓、二貓、三貓後，正想把手機關上時，她竟看到對方傳來了一個 OK 的圖像！

＊摘錄及撮寫自 Heho 健康網頁有關自閉症的文章。

第二章：一貓二貓三貓

碧深在移居台灣之前，已經在高雄買了一間屋，那是「隔山買牛」。

她上了專供房屋買賣的「591網」，離港前只要空間便上網瀏覽出售房屋的照片。看中了幾間房子後，她加入了台灣人常用的通訊軟件Line，向高雄那邊的地產經紀詢問樓房的詳情。

台灣的地產經紀稱為「仲介」、「房仲」，用Line聊了幾遍之後，碧深和一名姓黃的女仲介分外投契。台灣人都說南部的高雄人最純樸有人情味，那位仲介黃小姐親自往碧深感興趣的房子，拍了相片、影片給她看。最後，碧深選了一間位於鼓山區的公寓三樓。黃小姐說這公寓近山有自然風，而且鳥語花香，碧深看了相片、影片也覺得不錯，於是拍板，以二百五十萬台幣即當時大約七十萬港幣買了下來。

七十萬港幣在香港連一個車位也買不到，在高雄卻能買一間有三間房、兩個大廳及兩個露台共八百呎面積的公寓，碧深覺得，七十萬元她還負擔得起，冒得起這個風險。

公寓即沒有電梯的舊房子，類似香港的唐樓，碧深買的是公寓三樓。台灣人說的三樓和香港人說的三樓不同，香港人稱地面一層為地下，上面一層是一樓；台灣人稱地下為一樓，上面一層就是二樓；所以台灣人口中的三樓就是香港人口中的二樓，只要走兩層樓梯就到了。碧深覺得走兩層樓梯對她而言沒問題，雖然這公寓已有三、四十年歷史，外觀有點殘舊，但勝在價錢平且面積大，該會住得舒服。屋裏有三間房間，如果芯慧和其他香港朋友來住也沒問題。

樓宇買賣的手續都由黃小姐在高雄代辦，碧深只要匯錢過去就行了。二〇一九年七月二日下午一時多，碧深拖着三大喼行李由高雄小港機場乘地鐵到美麗島站，黃小姐還駕了小轎車來接她。

房子舊屋主住了三十多年，都很殘舊了，碧深請黃小姐找來相熟的油漆匠粉刷一新，還借用了她的Momo網購戶口買了需用的基本家具、電器，希望甫抵步就可以入住。

黃小姐取出鑰匙打開房子的大門，碧深撇下行李喼就心急跑進去，哇！和她想像的一樣，和黃小姐描述的也一樣，感覺太寬敞、太舒適了！

之前因為碧深還未到高雄，未有人收貨，所以家具要過幾天才送來，黃小姐帶碧深到家品店買了一張竹蓆，碧深在高雄的第一晚，就將就着在地上鋪上竹蓆，把衣服疊起當成枕頭入睡。

碧深坐在鋪了竹蓆的地上，身體挨着冰硬的牆，給芯慧傳了這段 WhatsApp 訊息：

「我平安到了高雄了，以下是我的住址：台灣高雄市鼓山區鼓山一路 161 巷 50 弄 13 號三樓之一。是不是『水蛇春咁長』？但你要記住呀！」

買這間位於鼓山區的公寓，是因為鼓山區就在碧深鍾愛的鹽埕區隔鄰。鹽埕區是高雄市內一個很有懷舊氛圍的舊區，區內有許多開了數十年的古早味食肆。碧深之前來高雄旅遊時，都是住在這裏的旅店，她很喜歡這個老區的寧靜，而且這裏有地鐵站，交通也頗方便。由碧深的公寓，步行到鹽埕區只需十多二十分鐘，而且房價比鹽埕區便宜，所以她認為這決定是對的。

住下來之後，碧深發覺並非一切盡如人意。鼓山一路這邊是一個舊社區，聽鄰居說以前是政府起給軍人的家眷住的，居民多數沒什麼教育水平。許多鄰居愛養貓養狗養鳥，但都不大管束，所以全天候鳥長鳴、狗狂吠、貓叫春的聲音此起彼落，有時貓狗的叫聲至深夜三、四時不止。除了動物的叫聲，還有對面鄰居每天早上七時聽佛經、下午聽懷舊台語歌，聲量開得很大，揚聲器放在窗邊，卻又從不關窗。

最令碧深難以忍受的，是住在樓上四樓的鄰居大嬸愛打麻將，每逢入夜，總愛開大門呼朋引類，然後是高跟厚底鞋踏步聲、拉枱凳聲、麻將牌落地聲，同樣是聲聲入耳、響聞遐邇。她想起黃小姐說這裏鳥語花香，只能苦笑。

有一夜，樓上嘈吵至深夜二時，碧深終於抵受不住，跑上去按門鈴，但按了五、六分鐘，就是沒人肯開門。第二晚還是照樣，她又衝上去按門鈴，一樣久久沒人開門。她躲在樓梯一旁，好一會，終於有打完麻將的人開門離開，她用很爛的國語大叫：「鄰居要被你們吵到心臟病發哩！」

碧深不知道對方聽不聽得懂，第二天，卻有里長來按她家的門鈴。

原來台灣的小社區都會劃分為幾條街一連、一個小區一里，有居民投票選的連長、里長處理鄰里糾紛、區內事務。里長來敲她的門，她以為里長為她被樓上鄰居滋擾的事主持正義，卻原來是樓下二樓的鄰居投訴她用跑步機太吵，說會令下面整間屋震動。

怎麼會？為防影響鄰居，碧深已經在跑步機下放了兩張隔音墊，而且她只在黃昏後六、七時用，從不會在晚上九時後跑。

碧深請里長到樓下聽聽她跑步的聲音，鄰居在她旁邊監察，看着她用平時的步速跑。

「沒有呀，一點聲音也沒聽到！」里長回報說。鄰居當然不甘心，苦着臉向里長嘮叨。里長皺皺眉，然後板起臉跟碧深說：「總之以後晚上九時後就不要跑吧！」

碧深也沒多申辯，她知道是樓上樓下的鄰居聯成一氣，要給點顏色她這個外來者看。之後的幾天，她還看到自己信箱中的郵件被丟到門口地上。怎樣也好，往後四樓的鄰居總算收斂了一些，沒有在深夜打麻將。

許多人說台灣人有文化、有人情味，但也要看你遇上的是什麼人。她想起在香港的時候，她和芯慧住在深水埗福華街的裕豐樓，雖然是舊樓，裏面又多劏房，但因為住的是頂樓，上面的天台又是自家的，所以沒被吵着，幸福多了！如果那邊像這裏這麼吵，害怕噪音，又對環境沒安全感的自閉症患者芯慧怎忍受得了？她肯定會瘋掉！

「香港九龍深水埗福華街裕豐樓的芯慧好嗎？台灣高雄鼓山區鼓山一路 66 巷……的碧深問候你。」碧深向芯慧發了這一段 WhatsApp 訊息。

十秒之後，芯慧傳回一個苦笑的圖像。

「怎麼了？發生了什麼事？有煩惱？」

芯慧傳回一個有着熊貓眼、腦袋要炸開的圖像。

「失眠？睡不着覺？為何？」

不久，芯慧傳來一張照片，照片中是一個燈火通明的舊唐樓天台，有十多人在圍爐燒烤，有些人在玩紙牌，有些人在唱K。光看相片也覺得很吵。

「這是哪裏？」

芯慧再傳來一張裕豐樓旁邊唐樓的相片。

噢，就是隔壁的唐樓，住那邊的人從前沒發出噪音呀！難道是新搬來的？

「是新搬來的？」

芯慧發來一個點頭的頭像。

「常常這樣嗎？深夜也如此？」

芯慧再發來一個點頭的頭像。

「沒報警嗎？」

芯慧發來一張那幢唐樓樓下大閘閘門關閉的相片。

對呀，唐樓樓下大閘閘門關閉，又沒有對講機，深夜裏誰來開門？警察怎麼上去？而且香港警察……

「時常這樣嗎？」

芯慧發來一張這個月的月曆，上面每星期有三天都打上了大交叉。

「這還了得！怎麼辦？」

芯慧沒回覆。

這個人怎麼搞的！平時不愛説話也就算了，連用 WhatsApp 談話也這麼懶，又不是真的面對面説話！但這個人就是不能跟別人溝通，而且心情愈不好愈不愛溝通。

換了是另一個朋友，碧深早就用 WhatsApp 通話去嗶哩巴啦大叫一通了，但是，偏偏這樣對芯慧行不通。

如果自己在芯慧身邊，她一定會想盡辦法、千方百計、無所不用其極的去解決掉對面唐樓的人，或者扔幾個水彈，或者拍片上網公審……但是自己不在香港，不在芯慧身邊，什麼也做不了！

「自己不在香港，不在芯慧身邊，什麼也做不了！」正是她覺得虧欠芯慧的地方，叫她辭職、一起開公司、一起租屋住的是她，但撇下芯慧在香港，去了台灣的也是她！

芯慧該是在惱她吧？碧深抓破頭皮也想不出辦法，感覺比自己之前被樓上的麻將聲滋擾更難受！簡直是五內如焚！

對了！裕豐樓旁邊福華街157號的唐樓……不久前好像看到過有關它的新聞報道！

碧深雖然身在台灣，但每天由早到晚還是會看有關香港的新聞報道，有線電視、Now、香港電台、蘋果日報……她統統都看，看到自己關注的，還會在Facebook分享。

她翻看自己近月在Facebook的分享，找了很久，終於找到了。

「深水埗出現殺貓狂徒，從唐樓天台將貓摔下致死……」

她因為擔心一貓二貓三貓，所以保留了這段新聞報道。看相片和報道，不就是157號？不就是芯慧傳來相片的唐樓天台？

時間也脗合，從前這區沒有發生過這樣的暴行，殺貓狂徒該是新搬來的，是使用這天台的人從這裏把街貓摔下去！

一定要把這人繩之於法，這樣既可以手刃殺貓狂徒，也可以令芯慧的生活回復寧靜。

如果附近的樓宇有閉路電視就好了，那說不定拍到狂徒的惡行，可是，高樓之上怎會有這些設施？

碧深殫思竭慮也想不出對策，苦思時，給一貓二貓三貓發了個訊息：

「一貓二貓三貓，我可以怎樣幫芯慧？」

發完訊息，碧深累極睡着了！醒來後一看手機，竟看到一貓二貓三貓發來的訊息！

那是三張相片，第一張是一貓在吃東西，第二張是二貓在地上掙扎，第三張是三貓躺在地上動也不動。

是三隻貓出事了嗎？不！貓出事了，芯慧一定會第一時間告訴她，她這樣向芯慧囑咐過。而且相片明明是一貓二貓三貓的帳號發過來的，芯慧根本不知道她的儲值電話卡密碼。

那是怎麼回事？貓會用手機？會拍照傳訊息？她常對芯慧說這三隻是很有靈性且有高智慧的貓，果然！

無論如何，一定是有人或有貓要給她傳達一個特別的訊息！要好好琢磨！

貓吃了東西，之後痛苦掙扎，之後躺着不動……

啊！原來是毒貓事件！對了，這一區最近同樣發生過毒貓事件，很有可能是同一個人幹的！

她再翻出Facebook的新聞看了又看，毒貓事件發生的地方，果然就是裕豐樓與旁邊唐樓之間的窄巷。碧深想起前陣子因為有人往巷子裏堆垃圾、在巷子裏小便，大廈管理處在巷子裏裝了閉路電視，如果拍到毒貓狂徒放置有毒貓糧的影像，就可以將他繩之於法了！

碧深找了香港同樣愛貓的記者朋友幫忙找證據，聽說毒貓狂徒很快落網被捕，那人果然住在裕豐樓旁邊的唐樓天台，相信芯慧可以不再受騷擾，回復平靜生活了。

冷知識1：鹽埕區

鹽埕區為台灣高雄市轄下的一個市轄區，面積僅1.4161平方公里，是高雄市面積最小的行政區。今日的鹽埕區一帶在荷蘭佔據時期以前，便有船隻至此進行烏魚撈捕作業。明鄭時期此地居民便以曬鹽為生。之後因鹽場沒落，航運興起，開始出現「拆船」熱潮。設置高雄市鹽埕區至今，在一九六〇年代時是全市人口最多的行政區，但因商業中心的東移而繁華落盡，人口開始大幅滑落，在二〇〇四年已成為高雄市鬧區中人口最少的行政區。

鹽埕自日據時代，工商繁榮可說是台灣的銀座，當時燈紅酒綠、夜夜笙歌、舉凡各種西式、日式的流行時尚風格，迅速的在愛河夜景這個小小的區域裏流行起來。直至日本人離開，美軍進駐，流行力很強的鹽埕區除了酒家，又多了西式酒吧，加上愛河的浪漫美景做為背景烘托，鹽埕一度是高雄市最繁華奢靡的地區。

隨着商業中心東移及人口逐漸減少，鹽埕地區在八十年代以後開始走向「慢活」形態。為重振鹽埕往日繁華的景象，市政府在周邊建設歷史博物館、工商展覽中心、音樂館等公共文化藝術設施結合，創造一處全新的文化綠地走廊，之後，又規劃了「駁二藝術特區」，每月舉辦國際性的藝術展、美學設計展等。

冷知識2：鹽埕區美食

1 阿英排骨飯

每到用餐時間就大排長龍，開店超過五十五年的好味道，很多人中午一到就來這裏包便當。

2 鴨肉珍

無論是招牌的鴨肉飯、鴨肉冬粉，鴨血糕、下水湯，都十分美味，是高雄的老字號必吃美食。

3 高雄婆婆冰

銼冰是店裏最著名的，還有紅豆麻糬、番茄切盤都很受歡迎。

4 阿囉哈滷味

阿囉哈滷味是鹽埕區的老店，滷味滷得非常入味。

5 三郎麵包廠

三郎麵包廠最有名的就是餐包，冷吃、熱吃、冰吃的都好吃，買一大包可以當很多天的早餐。

6 鹽埕米糕城

來這裏吃一碗米糕、四神湯，老字號的好味道讓人回味無窮。

7 高雄郭家肉粿

郭家肉粿包粿子由選米、調味、炒肉、自製鹹鴨蛋、選粿葉、捆繩到煮粿子，都十分講究。來這裏吃得飽又便宜，因此許多人愛吃。

8 尚芳土魠魚羹

尚芳土魠魚羹真好吃，還有配青菜、滷蛋、滷豆腐、香腸的套餐可供選擇。

第三章：鴨肉店事件與其他

來到台灣高雄居住，當然有許多新物事、新環境、氣氛需要適應，遇上認為不公平、不公義、不合理或反智的事情，碧深會發揮香港人的「投訴到底」的精神，她甚至想將自己寫的投訴獲受理、最後得到改善、撥亂反正的事件輯錄成書，書名也想好了，就叫《台灣投訴王》！

台灣許多公營機構都有投訴及陳情機制，譬如總統有總統信箱、高雄市長陳其邁有市長信箱、環保局有局長信箱、醫院有院長信箱等等，規定限期內有專人回覆和處理申訴。

那麼私營機構及企業呢？沒這機制不就無法無天、無法制衡？不不不！那是更可怕的災難性！台灣網上有享負盛名的「爆怨公社」、「爆廢公社」等網上宣洩不滿途徑，一旦事件放了上去，引來網友熱議，各大媒體爭相報道，一個小漣漪會激盪成海嘯，引發軒然大波。早前就有一間食肆因為罵了外送食物的員工幾句，被廣泛報道後，店舖要關門，甚至連累同業生意下降。

事情的原因、經過、結果是這樣的：

二〇二一年一月二日

一名女外送員在一月二日到富王鴨肉店等待取餐，但現場客人外帶都已經走了三位，卻未輪到她。她等了十五分鐘後，忍不住上前抱怨：「我第一個來的，現場都走三個了，我的一樣都沒好。」

沒想到引來男店長反譏：「有點耐心啦，不爽就不要做熊貓（Foodpanda）啊！」，讓她氣得反駁：「是你們拖餐的問題，為什麼要怪到我身上啊？」

之後男店長大怒辱罵她：「你不要讓我遇到！」、「是沒有被人打過？」

外送員問：「現在是在威脅我嗎？」

對方竟說：「對啊怎樣，來告我啊！」、「大學生咧，小妹妹，毛長齊再出來講話啦！」

她警告：「我都有在錄影！」

對方卻繼續囂張表示：「我也有在錄影啦，如果你想紅我會讓你紅！」

事發後女外送員憤而報案，而二十多歲的王姓男店長也在家長陪同下，到派出所提出和解，但遭到對方拒絕。男店長坦言只是自己一時氣憤，控制不住情緒才會罵人，事後非常後悔，最後警方以恐嚇與公然侮辱罪嫌將他移送法辦。

二〇二一年一月三日

此事在網路上曝光後，引發網友熱議，不少市民更直接「殺到」店鋪打卡「朝聖」，令到富王鴨肉店從一月三日起沒再開門營業。更有相似店名的無辜店家受到事件波及，接到許多辱罵電話，生意也因此下降了兩至三成，無奈地要張貼澄清公告，避免繼續引發誤會。

二〇二一年一月四日

該名女外送員所屬的外送平台 Foodpanda 發表聲明，終止與富王鴨肉專門店的合作關係，並對該外送員表達慰問，支持該外送員採取法律行動，以維護旗下員工的權益。

二〇二一年一月九日

王姓男店長「神隱」一週後，在律師陪同下，多次九十度鞠躬向外送員道歉，但對方堅持會「提告到底」。

二〇二一年一月十三日

富王鴨肉店門口貼上「頂讓」的告示，店長的律師表示店家最近被網友檢舉店舖有僭建，令餐廳無法繼續營業，因此打算頂讓店舖。

消息曝光後，許多網友開始用店長的表情製作表情符號（emoji），包括「毛長齊才能吃鴨肉飯」、「毛長齊再出來講話」、「你毛長齊了沒」等等，有設計師更把男店長的各種經典語錄製成鴨子貼圖，得到網友熱烈反應。

※　※　※

碧深認為富王鴨肉店只是個別事件，一般台灣人仍然被情感勒索居多，連去診所、食肆甚至警局後的網上評語，也多是評論對方是否態度親切，反而不會評論對方是否專業或成果如何。車子撞傷人後，帶個果籃去親切問候，賠償金或者可以減半；買屋對業主語氣親切、噓寒問暖、談笑風生，樓價也可以便宜一些，彷彿態度親切可以蓋過一切。

像富王鴨肉店事件中，女外送員堅持追究的例子實在不多，而且追究有時流於感性，碧深認為香港人理性追究、不達至還我公義的目的誓不罷休的精神，應該可以在這裏發揚光大，於是，開始認真地在電郵中尋索自己之前寫的投訴信。

其實在碧深來台灣之前，已經因為將文件用快遞寄到台灣經濟文化辦事處受阻，而寫信給該處處長、移民署署長，甚至陸委會、總統信箱申訴，信件是這樣寫的：

處長先生：（信件副本呈台灣內政部移民署、陸委會、總統信箱）

你好！

本人於十月五日到　貴處遞交台灣定居申請，於十月十二日收到　貴處自稱陳小姐的WhatsApp，囑我交回台證，由於要工作請不到假，不能親自到來，於是用快遞寄出。由於陳小姐沒有說明寄什麼地址，於是我在　貴處網上找到的地址（位於四十樓）寄出，而這地址是你們網址大部分頁面顯示的。寄出之前，我已用WhatsApp告知陳小姐會用順豐快遞寄出，她亦回覆表示知悉。

十月十六日快遞公司來電告知　貴處的職員，說　貴處並沒有一位陳小姐，叫速遞員去把件取回。我急忙打了十多個電話到　貴處詢問，但無人接聽，這不奇怪，我之前打過電話上百次，是從未／永遠沒有人接聽的。

及後，我打電話到台灣移民署尋求協助，之後陳小姐來電，說她在十一樓，囑我再寄，於是我懇求快遞再次投遞。然而，貴處仍是拒收，令我感到百般無助無奈。

就　貴處職員的處事方法，我有以下疑問，希望　貴處回覆：

1 第一座四十樓是否　貴處地址？如果不是，為何顯示於　貴處網頁大部分頁面上？而十一樓、四十樓之間互不統涉、員工之間全無關係，之間連打一個電話、轉一份文件亦完全做不到？

2 寄來的文件封面有寄件人電話，亦寫明收件人是陳小姐，　貴處職員不選擇打電話給陳小姐或寄件人詢問，而選擇打給快遞公司，在已簽收之後，要他們再去一次取回，實在不明白該職員是出於什麼心理作出以上行動。

3 我是一名上班族，要請一天假來交回，會被扣上千元港幣薪金，所以才寄快遞。快遞的員工亦只是一名工薪族，但因為　貴處職員不肯打一個電話問一問，而選擇打給快遞公司，在已簽收之後，要他們再去取回，卻連同碰上假期，　貴處沒人收件，順豐快遞的員工為這份只收三十多元的文件，來來回回跑了四次！想　貴處職員和快遞的員工都是上班一族，身分沒有貴賤之分吧？為什麼因為不肯問一問而要別人在烈日當空之下，來回跑四次呢？當然，　貴處是有空調的！

以上各項候覆，謝謝！

我和眾多香港人一樣，為尋理想移居台灣，誰知道在申請這第一關已處處碰壁，飽嘗人情冷暖！

沈碧深謹上

（信件副本呈台灣內政部移民署、陸委會、總統信箱，或會收入撰寫書信教材出版。）

碧深完成編輯這封信後，她歸納其中的投訴技巧，是盡量將事情的影響寫大，而且要寫明信的副本要層層呈送至他們的上級，以增強威力。

其實拒收郵件只是小事一樁，但那個辦事處的員工態度顢頇、倨傲，電話長期不通、投訴從不受理，長久以來已經受到不少移民申請者詬病，她此番之所以將事件小事化大作出嚴正投訴，實在是想為一眾受影響者抒一口悶氣、污氣，亦希望令該處的員工不再因循怠惰，盡心辦事。她告訴自己，這不是吹毛求疵、故意找碴，而是為大眾謀幸福之舉啊！

※　※　※

到了台灣後的第二個月，碧深又寫了第二封投訴信，但這一次她不是為自己寫的，而是為仲介朋友黃小姐寫的。事緣黃小事住在六合夜市附近，夜市的轉角位有一個表演處，夜夜笙歌，一個星期中有好幾天晚上有人在唱台語老歌，揚聲器的聲音開得很大，震天價響，令附近居民大受影響，不得安寧。

某次碧深打電話給黃小姐，電話中傳來的歌聲奪魄驚心，而且吵得令她壓根兒聽不到黃小姐在說什麼，黃小姐說因為這些奪命煩音，令附近居民叫苦連天，連本來想在這區置業的人也聞風喪膽，不來看屋，間接令樓價下跌。於是，碧深仗義為黃小姐寫了一封投訴信。

執事先生：

本人為六合二路居民，和鄰居一直深受六合夜市街口表演區的噪音困擾。表演一星期四晚，每晚七至十時，經常發出震天價響的聲量，重低音的揚聲器及其立體聲回音都令附近居民大受滋擾，不得安寧。

事緣於九月二十日晚上，本人及家人深受表演區的強音影響，我們被逼關上全屋的窗户開空調。朋友來電，我講電話時因受強音滋擾，朋友甚至聽不到我的話，於是他問：「這麼吵你是怎麼活的？為什麼不去投訴？」

於是當晚我登入宣傳表演區的臉書，卻得到以下回覆：「您好！感謝您的指教，在六合展演場這邊表演皆符合法規，聲音分貝數皆為標準內，且周邊車流聲常常大於表演音量，如還有其他的問題，歡迎直接來電，謝謝。」

看到這樣的回覆，令人感到有關方面根本不知道實際情況及不理會事實，令人火冒三丈，產生有人尸位素餐的懷疑，於是乃有越俎代庖之舉，思考與鄰居及附近居民組成監察小組，發揮關心居住社區的作用。

九月二十三日星期三晚上，該表演處再有二胡表演，雖然聲浪已有明顯降低，但有感於每星期表演四晚，會否過於頻密，於是再於該臉書留言，得到的回覆是「非常歡迎社會各界親臨現場指教！」

於是我萌生與附近居民對此研究、監察的念頭，經一番努力，作出以下十點諮詢及建議：

十問六合夜市街口表演區籌劃人員：

1 有沒有就表演區要吸引什麼人、達致怎樣的效果作出預測？有沒有就六合夜市的主要消費層作市場研究？以本區居民所見，六合夜市的消費者有七至八成是青年人，每星期三、四晚的老歌表演，對吸引消費者起到什麼作用？

2 此表演區的籌辦成員為何？有沒有具專業資格、專業成就的藝術表演者？有沒有專業資格的市場推廣人員？有沒有附近居民代表？可否開誠佈公，接受公眾監察？

3 在籌劃及招募表演者時，有沒有做到公開、透明？每星期所見，來來去去都是那三、四隊表演者，表演者會放一個箱子向觀眾收費，在表演場地免付租金的情況而論，審批表演時如何避免私相授受的情況？

4 有沒有向六合夜市的商販作問卷調查或其他形式調查，以得悉街口表演區對商販生意有否正面影響？如果沒有，又如何得知有關表演活動的成效？……

原本的投訴信中真的有十問、十點諮詢及建議的，因為篇幅太長，當然就不照錄了！碧深把信寄了到環保局和市長信箱，環保局在第一晚就去了量度噪音分貝，發現嚴重超標，勒令承辦者馬上降低噪音，否則不得再在此處表演，市長辦公室也回覆說會責成文化局跟進。

投訴雖然沒有令這些表演偃旗息鼓，但表演的聲浪降低了許多。不久之後，碧深經過時，看到有不少青少年在那裏表演街舞、魔術、雜耍，唱勾魂老歌的表演減少了，夜市中青少年的顧客也增多了。黃小姐還說，來這區看屋的人多了，樓價也回復正常，讚碧深為這個社區做了一件好事。

碧深歸納這次投訴成功，固然有賴於環保局效率奇高，市長辦公室、文化局從善如流，也在於寫投訴信要不厭其煩，煞有介事。「不厭其煩」是她在信中不斷地列出了一大堆資料，且一而再、再而三的反覆陳述，而且把信寄了又寄，令收信者不勝其煩，只好盡快處理，以求日後安寢無憂。「煞有介事」是把事情弄大，信中洋洋灑灑地列出十大建議，又牽涉到附近居民組成監察小組、六合夜市的商販、消費者、表演區的籌辦成員，將事情的影響面擴到最大，接投訴信的人看到信的內容自然大驚失色，力求將事情的影響面收窄，息事寧人了。

※　※　※

碧深以為裕豐樓隔壁唐樓的虐貓狂徒已被繩之於法，芯慧就可以高枕無憂，安居樂業了，誰知當愛貓的記者朋友登門造訪芯慧，想告訴她將虐貓狂徒繩之於法的來龍去脈時，竟遇上了芯慧被鄰居欺凌事件。

話說住在十二樓A室的芯慧，其鄰居十二樓B室住了一對年老的夫婦，夫婦二人性格隨和，本來一直相安無事，但年老的夫婦的女兒最近生了孩子，帶了初生嬰兒和五歲大的兒子回來與父母同住，以便照顧。嬰兒哭的吵聲是免不了的，但那五歲大的孩子喜歡在屋內狂奔撞牆，後來更買了一個足球不停踢向牆練習射門，而他射龍門的那堵牆正正是他家客廳與芯慧睡房中間的間隔牆。多日以來不勝其擾的芯慧只在牆上輕敲了幾下，想提示對方打擾了別人，誰知道，兩分鐘之後，門鈴聲大作，還有人在踢鐵閘！

芯慧連忙開門，看見一個頭髮凌亂的女子抱着嬰兒，身後站了鄰居老夫婦和他們五歲的孫子。噢，芯慧只在牆上輕敲了幾下，竟引來鄰居全家大小來「踢館」！

頭髮凌亂的女子歇斯底里地大嚷：「嬰兒哭聲吵着了你令你很不滿嗎？五歲大的孩子

踢踢足球也令你憤怒吧？嬰兒哭和孩子跑跑跳跳都是正常的呀！這樣你都要不滿，要作出反擊嗎？」

她說着看了看芯慧大門上掛的工作坊招牌，更扯高聲線大叫：「虧你們還是開什麼教育班的，真是誤人子弟！這裏是住宅是不可以營業的，我這就去找業主立案法團主席投訴，一定要讓你這間誤人子弟的黑店關門！」

沒給芯慧機會作任何辯解，女子說完便頭也不回的跑向電梯大堂，鄰居老夫婦和孩子也只好無奈地跟着她跑。

碧深的朋友目睹了這一切，卻是愛莫能助，唯有把事情告訴碧深。住在這歇斯底里的瘋女人隔鄰，芯慧以後的日子怎麼過？她可以用為黃小姐寫投訴信那不厭其煩，煞有介事的伎倆，為芯慧解決困難嗎？

碧深苦無良策，只有乾着急，難道，又要向一貓二貓三貓求助？

第四章：東野圭吾與鼻毛大叔

碧深初來高雄時，因為人地生疏，常感到無處可去、無事可做，而她來高雄的頭三個月裏，高雄每天都下暴雨，不想被困在家中的碧深只有一個去處，就是離鼓山一路有五分鐘腳程的鹽埕圖書館。

這間圖書館佔一棟大廈的其中五、六樓兩層，圖書館最大的特色是一半的藏書都是漫畫，碧深每天沉浸於自己喜愛的日本漫畫之中，喜愛的日本漫畫看完了，就開始看日本推理小說作家東野圭吾的作品，同時開始留意圖書館裏的各色人等，想不到，這令她改變了一些待人處事的看法。

除了正式員工的圖書館管理員之外，還有一些志工（即義工），疫情期間，一些志工負責為進入圖書館的人量體溫、噴消毒液、登記資料等，還有一些是負責日常事務，如把書籍放回原處、清潔、打理盆栽等的志工。

碧深特別留意到一個打理盆栽的志工伯伯，他一星期來好幾天，每次來也忙進忙出，忙得不亦樂乎。他經常在圖書館一角的工作室中勤力清洗花盆的底盆，弄得水聲和盆子相撞的聲音此起彼落，對專心看書的人構成打擾。

盆栽在圖書館裏無處不在，伯伯的身影也無處不在。窗邊、書架頂、書桌中央、借還書處的辦公桌上、影印機旁……甚至洗手間的廁格中、洗手盆旁，也有盆栽的蹤影。因着他的悉心打理，盆栽的確為圖書館增添了綠意及生氣，但是，伯伯不停來回穿梭淋花和修整植物，引致騷擾看書的人，碧深通常選擇低頭看書減少受影響。

某天，圖書館主要通道的地面不知為何拱起，上面的幾塊地磚也破掉了。雖然通道很寬闊，路過的人沒受到多大影響，可是也有些人一不留神會被絆倒，碧深也差點被絆倒幾次。如是者過了幾天，也沒人來修理，於是她向管理員詢問，他們回答說：「維修人員事務繁忙，而且全市有這麼多圖書館的設施等待他們維修，小則等待一個月，多則等待三個月吧！」

碧深聽了，覺得這麼小的事，卻要等待那麼久，這是怎樣的辦事效率？萬一有人絆倒受傷怎麼辦？而且這樣也很不美觀！於是她又想該向什麼地方投訴，怎樣發揮她的「投訴王」的功能。

然而，當她想着找個時間去寫投訴信時，有一天，她踏入圖書館不久，發現圖書館裏多了一個放置漂亮盆栽的角落。這角落中有綠葉、紅葉、紫葉的盆栽植物，色彩繽紛，而且中間還有一些用樹枝做的動物如長頸鹿、馬兒等等，令這裏出現了朝氣勃勃的角落。碧深走近一看，這不是那個地磚破了的地方嗎？盆栽將這些破了的地磚圍起來，成了一個漂亮的角落！她想這一定是盆栽伯伯別具匠心的安排！

原本破了地磚的地方被盆栽圍起來了，看書的人不會因為沒有留意而被絆倒，而且盆栽美化了這個角落，令它不再有礙觀瞻，不再令人看了就生氣……

碧深心想原來面對令人生氣的事情、令人煩心的事物，還可以有別具匠心的想法，可以有另闢蹊徑的處事態度，將壞事變好，化腐朽為神奇！這令碧深在開始欣賞盆栽的同時，亦嘗試學習盆栽伯伯，用另一種態度、用更寬容的態度、更有創意的角度去看待事情。

※　※　※

除了盆栽伯伯，水果阿嬤亦對碧深有不少影響。這位阿嬤為什麼叫水果阿嬤呢？她和碧深一樣，來到圖書館都會選近窗邊空氣好、光線好的座位，阿嬤通常坐在第一個座位，碧深就坐第三個。

每當碧深看書看得累了，游目四顧時，都會看到前面隔了一個座位的阿嬤在畫畫。她每天坐下後都會從布袋中拿出一大盒德國施德樓的水彩色鉛筆、一本畫紙本子，再去書架拿一本教畫水果的圖書，然後臨摹書中的水果圖片。她像蠟像般，一坐就是三小時，完成了三篇畫作才心滿意足地收拾物品回家。

碧深上洗手間時，經過她的座位，都會駐足觀看她繪畫。她畫的水果色彩豐富、像真度高，甚至讓人想把畫中水果拿來吃。碧深很欣賞水果阿嬤的畫作，甚至想跟她學畫畫。

有一次，她問水果阿嬤：「阿嬤你是在什麼地方學畫畫的？有想過教人嗎？」

阿嬤聽了笑笑說：「我都是跟着書本畫的。最初是因為老伴退了休，兩人在家中你眼望我眼，無聊起來就常吵架。因為不想和他吵架，我就跑到圖書館來。某次看了這些教畫水果的書，就開始臨摹。我天天來，來了大半年，畫了差不多上百幅畫了。由最初的逃避跟老伴吵架，到後來真心愛上畫畫，子女看了我畫的畫，還說要幫我開畫展呢！也有好幾個人問我可不可以教他們畫畫。這真是無心插柳柳成蔭啊！畫畫令壞事都變成好事了！」

碧深聽了阿嬤的話，猶如當頭棒喝！對啊，壞事可以變成好事，不一定要事事和對方對着幹，不一定要事事心懷不滿、要投訴、對抗，也可以用另一種態度看待事情，靜下心來想想可以做什麼，這樣既是寬恕別人，也是善待自己的方法。

碧深嘗試使用盆栽伯伯、水果阿嬤的方法看待人和事，原本以為只是空想，但鼻毛大叔的出現，令她有機會將空想變成實踐。

※ ※ ※

當碧深把東野圭吾的《放課後》、《我殺了他》、《夢幻花》、《新參者》、《面具舞會》、《單戀》……全都看過了，無奈只好看最不喜歡看的「神探伽利略」系列。

借了書之後，她把書放到紫外光除菌機去殺菌，每次除菌只消數十秒，但真的可以完全消除細菌嗎？她不大有信心，於是，再按了一次除菌鍵。

然而，除了菌，書就不髒了嗎？這裏的書全都像已放了十多年的，封面破爛，書頁發黃，拿上手已經有點打冷顫。更令人髮指的是，她在書中竟發現了它！

第一次發現它，是在《新參者》這本書中，這本書很精彩，本來看得興致勃勃的，卻被它打擾了雅興。不，應該說是它們，因為它在書中幾乎無處不在，討厭極了！

首先發現這種討厭物，是在《新參者》的第三頁，頁面上有幾根約 0.2 公分長而幼幼的黑色條狀物。大概是書中字體中一個逗號那樣大小吧！她起初以為是印刷時弄污的一兩個小髒點，隨手抹一抹它，誰知它竟是可以移動的，令她差點想嘔吐。

用紙巾把幾根條狀物抹掉，以為就可以安心看書了，誰知下一頁還是這樣，這一頁更有五條之多。

為了安心看書，便拿書到垃圾桶旁用力揮動，且一頁又一頁地抹了很久。誰叫這是東野圭吾的書呢？難得借到了，又捨不得擱下，唯有硬着頭皮看下去，但卻是一頁一驚心。

看到最後的二十頁，黑色髒物又出現了，它們躲在書頁中間，不容易被發現，翻動書頁時，卻又大剌剌地跑出來，令人不勝其擾。

之後，這種惱人的情況又在《面具舞會》、《單戀》這些書中出現。碧深決心要把這個缺乏公德心的人揪出來。她想，這個人和她一樣愛看東野圭吾的推理小說，於是她開始常在看書的人中間穿梭逡巡。來來回回幾天之後，她終於發現一個年約五十多歲的大叔在看東野圭吾的《放課後》。

碧深等到圖書館關門前，大叔把書放回書架上時，偷偷走去把書查看一番，書頁間令人討厭的黑色點點又出現了！

第二天，她在大叔旁邊的位置坐下，偷眼觀察大叔的行為，竟看到他拿出一個鼻毛剪來，邊讀東野圭吾的小說邊修剪鼻毛！

真的豈有此理！哪來這麼多的鼻毛要剪！長得這麼快要天天剪麼？這真令人火冒三丈、五內如焚、七竅生煙、怒髮衝冠、怒不可遏，碧深開始想：要怎樣大大地懲治他呢？

走到他前面大罵他一頓，讓所有人都知道他的惡行？向圖書館管理員投訴他？偷拍他剪鼻毛的情況放上「爆怨公社」公審？

思前想後，她突然回想起自己曾經想學習盆栽伯伯、水果阿嬤的待人處事方法，接下來的一天，她苦思怎樣可以將壞事變成好事，想了老半天，終於想出了辦法。中午時分，她到附近的美容和護理用品店，買了一樣東西。回到圖書館，趁鼻毛大叔上洗手間的時候，將那東西放在他座位擺放東野圭吾的小說的上面。

鼻毛大叔回來，拿起書本，上面有東西掉了下來。他仔細一看，那是一個鼻毛修剪器——一件日本出產的新產品，上半部分是用來修剪鼻毛的，下半部分還有一個盛載剪下來的鼻毛的小盒子。這樣，用它來修剪鼻毛，剪下來的會直接掉在那個小盒子中，這就不會掉在書本上面弄髒書本了！

鼻毛大叔放下鼻毛修剪器，東張西望，想知道是誰放下的。碧深若無其事，扮作專心看書，鼻毛大叔尋不着放下鼻毛修剪器的人，便沒再理會，繼續看書。看書的時候使用了那個新的鼻毛修剪器，這樣，鼻毛不再落在東野圭吾的大作上了！

※　※　※

芯慧被隔鄰的歇斯底里女子欺淩之後，碧深一直想該如何幫助芯慧，她了解芯慧的性格，她一定不會像碧深一樣愛大鑼大鼓、大鳴大放的去投訴。如像盆栽伯伯、水果阿嬤般，把壞事變成好事的待人處事方法會更適合她，但那該怎樣做呢？

碧深晝夜苦思，夜不能寐，幸而，終於等到一貓二貓三貓傳來的訊息。牠們傳來了三張相片，三張相片都是拍攝電腦屏幕的，屏幕上的字和圖拍得很清晰。碧深認得，那是芯慧的電腦。

一貓二貓三貓平常在裕豐樓和附近唐樓的天台活動，牠們不會進入碧深和芯慧的家，只有在下大雨和颱颱風的時候，碧深和芯慧會讓牠們到家中躲避。一定是香港最近風雨飄搖，芯慧會讓牠們到家來躲避，才會有這些圖片的出現。

第一張相片中的電腦屏幕被三貓的頭遮住了五分之一，怎麼？三貓也在看屏幕上的圖片和文字嗎？屏幕中是一本雜誌的內容，是關於深水埗區著名的貓店長，上面除了貓店長的相片，還有幾段介紹文字：

深水埗區有不少著名的貓店長，這些貓店長不只為街坊所熟悉，有些更在媒體上頗有名氣。

阿信洗衣店：人蔘

經過基隆街，一定會對這位深水埗地膽貓店長有印象，人蔘是一間洗衣店的貓店長，平日喜歡在門口看舖。因為牠的毛色與人蔘相近而得名人蔘，牠的太太叫做首烏，店主的太太喜歡用這些藥材煲愛心老火湯，所以為牠們起了這些有趣的名字。

善心中醫館：冬蟲草

冬蟲草是中醫館的生招牌之一，牠得到不少台灣網民的喜愛，慕名來港為見牠一面。冬蟲草哥是一名超盡責的貓店長，除了滅鼠等基本工作之外，也熱心招待客人，牠有時又會陪等待針灸的熟客玩耍，儼然成了一個寵物醫生。

第二張照片的一角看到二貓懶洋洋地躺在芯慧的電腦鍵盤上，黑色的身影隱身在黑色的鍵盤上，成了保護色。相片中看到另外幾段介紹貓店長的文字：

菲林沖曬店：湯丸、糖不甩

這間菲林沖曬店有兩隻貓店長湯丸、糖不甩，牠們時常成為客人拍攝的對象，三色貓湯丸和白貓糖不甩，一隻比較饞嘴，常向客人討吃，另一隻喜歡作弄別人，常常躲在暗處跟客人玩捉迷藏。

姊妹皮藝店：圓圓

皮藝店店主表示貓店長圓圓懂得分辨真皮與人造皮，不會抓真皮。牠原本是一隻流浪貓，在皮藝店的門口被店主遇上，牠被收養後就成了貓店長。由於圓圓在遇見現任主人之前曾經被棄養三次，所以比較敏感、怕人，不愛被人觸碰。

第三張相片中看到一貓在伸懶腰，牠的貓爪伸到屏幕上了。碧深認得屏幕上相片中的貓是阿信洗衣店的貓人蔘！旁邊有一大段芯慧剛輸入的文字：

貓咪有和其他貓打架、抓破沙發、咬壞電線等行為，如果同時出現吞食異物的動作，便很有可能是由壓力情緒引發的「異食癖」。人蔘從小就有啃咬各類家品的習慣，長大後，牠更啃咬家電線類和皮革，甚至曾經把整張地毯吃掉。

根據我的觀察，人蔘的行為問題正是典型的異食癖症狀。貓咪患上這個病，通常是出於緊張或害怕，啃咬令牠們感覺良好、紓解了情緒，最後成癮。這個行為問題背後隱藏了極大的危險性，因為貓咪同時會把異物吃掉，被吞下的異物會卡在胃裏，有可能需要進行手術。

阿信洗衣店的店主原來是在一間雜貨店裏撿到人蔘的，當時牠全身都是貓蚤，替牠洗澡時更發現牠被咬至全身都是血。或許童年時可怕的經歷，令牠變成容易緊張，繼而開始咬東西紓壓，最後變成不良習慣。

當遇到貓咪作出不恰當的行為時，要以不同方式幫助牠們消耗過多的精力。除了給牠們危險性較低的玩具外，也可以使用一種名為纈草的香草，因為這種香草會讓貓咪興奮，發洩牠們的精力，之後令貓咪放鬆下來，對鎮定貓咪很有功效。我讓阿信洗衣店使用響片訓練來糾正人蔘的行為。響片訓練中需要用一根筷子作為焦點，當貓咪以鼻子觸碰到筷子頂端時，便馬上按下響片並給予零食。久而久之，貓咪便會跟隨筷子的走向移動，每當出現啃咬行為的時候，主人便可用筷子令貓咪停止動作。

噢，芯慧原來那麼關心深水埗區內的貓店長，還努力蒐集資料，成了貓的心理醫生，幫助貓兒和牠們的主人解決疑難！

慢着！連貓的心理也會去關心、了解的話，對人的心理也會去關心及了解吧？那個被碧深稱為歇斯底里女子的，不會真的有心理病吧？

她有兩個孩子，一個五歲、一個剛出生，難不成她患上了……？

※　※　※

產後憂鬱症是一種在家中有新生兒之後，新生兒父母所罹患的憂鬱症。這是一種很常見的疾病，每十位產婦中就有一位，在產後一年內受產後憂鬱症所苦。約有10%至15%的媽媽，在產後六週內會產生憂鬱，產後憂鬱症的症狀有：

1 情緒起伏大，容易激動、煩躁、流淚。

2 面對從前沒有經歷過的壓力、挑戰，或者擔心自己無法照顧寶寶，即使親友在旁鼓勵，依然無法使媽媽放鬆。

3 媽媽可能會感到內疚、絕望、自責、罪惡感，認為自己被另一半、親友甚至寶寶排斥。

4 認為自己會傷害家人和寶寶，或是寶寶被調包。除了會妄想傷害身旁的人，嚴重者可能會想自我傷害，甚至是有自毀傾向。

碧深請裕豐樓的看更伯伯多留意歇斯底里女子，同時請他向鄰居老夫婦詢問她的情況，一問之下，發覺她果然有這些症狀。

碧深把這一切告訴了芯慧，芯慧開始留意起歇斯底里女子的行徑來。有一天，她看到歇斯底里女子一言不發的走上天台，嚇得馬上去按鄰居老夫婦的門鈴。開門的是歇斯底里女子的丈夫，芯慧把印下來有關產後憂鬱症的資料塞給他，並帶他迅速跑上天台……

想不到，一場鄰居之間的爭執變成了救人一命的好事，碧深認為自己已充分掌握到盆栽伯伯、水果阿嬷化壞事為好事的心法了。

冷知識3：六合夜市

有人說：「沒到過六合夜市，就不算真正去過高雄。」

早在一九五〇年，位於現在高雄市新興區大港埔附近的空地上，就開始聚集了許多小吃攤，漸漸愈來愈多，久而久之便形成以小吃聞名的「大港埔夜市」，之後逐漸擴大，轉變成為現在的六合夜市。

六合夜市距離高雄火車站和美麗島捷運站都不遠，走路約十餘分鐘後至六合路便可到達。白天這裏是馬路，到了晚上便成為熱鬧市集，六合夜市最特殊的景觀是招牌林立的牛排店及海產店。兩排攤位從山產、海產、特產到冷飲、冰品等應有盡有。

台灣十大觀光夜市網路投票，在交通部觀光局「2010年特色夜市選拔活動」中，高雄六合夜市拿下網路票選「台灣人氣第一名、最環保、最友善、最有魅力、最好逛的夜市」五項冠軍，拿下「最有魅力夜市」頭銜。但是，其後六合夜市因大陸客旅遊的影響，僅剩小部分是初期的原始商家，其他新設攤位或店家幾乎變質，成為專賺觀光遊客錢的攤商，失去本土夜市特色。二〇一六年後大陸客來台數量銳減，加上有些攤商專以高物價坑殺觀光客的惡名，夜市從門庭若市變得門可羅雀。

近一年，高雄市政府更積極在六合夜市辦「傳統市集 YOUNG 起來」、「六合美食嘉年華」等活動，希望能擴大商圈的商機。

冷知識 4：瑞豐夜市

瑞豐夜市已有二十多年歷史，每到營業時間，人潮總是從四面八方湧入。這裏的東西五花八門，在高雄市區人口北移的趨勢下，近幾年帶動瑞豐夜市的成長，如今攤位數目已有過千檔。

夜市位於台灣高雄市左營區裕誠路、南屏路及東門路一帶，搭乘高捷紅線至「巨蛋站」，走一號出口即可抵達。隔着南屏路與三民家商相望，並緊鄰着高雄巨蛋商圈，該處亦為北高雄繁榮之地。瑞豐夜市於週二、週四、週五、週六及週日營業，每逢週一及週三休市。

瑞豐夜市最初起始於鼓山區瑞豐街，因而得名瑞豐夜市。其後先後遷移至慶豐街、華夏路，最終遷至現址，由當初的小攤販，演變為今日大規模的知名夜市。

瑞豐夜市每到傍晚總是人潮洶湧，L型攤位集中管理，將近千坪規模打理得井井有條，幾十年的古早味、異國特色小吃、創意風味料理、打卡點心飲品，無論有什麼需求，瑞豐夜市都能滿足，已經成為高雄市區品嘗美食的首選夜市。夜市有六成的攤位都是在賣吃的，有兩至三成是在賣生活雜貨、百貨或是飾品；夜市裏的小吃攤大多集中在從裕誠路由東開始起算的前幾排，中間的幾排則多是生活百貨、飾品等類的攤位。

第五章：垃圾車和單車

並不是每一個鄰居都像四樓的惡鄰，住下來之後，碧深發現住在隔壁和五樓的都是好鄰居。

碧深七月來高雄，高雄下了三個月大雨，由七月初到九月尾，是不分日夜不停的下，沒完沒了，有時更是連續的暴雨。雨下久了，她發現向街的房間窗旁的牆壁濕濕的，還有些油漆剝落。待到難得有好天的時候，她跑到樓下往上看，舊公寓的外牆爬滿了裂縫，而她住的樓層外更有黑漆漆的水垢痕跡，上面竟還長了青苔！她看到黑漆漆的水垢的源頭，是來自五樓外牆的一個小洞，難道那些裂縫不是連綿不斷的大雨造成，而是五樓開了個洞，排出冷氣機或洗衣機的污水造成的？

為了求證，碧深跑上五樓，氣喘咻咻的按門鈴，但按了很久也沒人應門，如是者天天跑去按鈴，到了第四天傍晚，終於有人開門了！

開門的是一個蓄長髮、穿上優雅長裙、約莫三、四十歲的女子。

碧深向她道明來意之後，她讓碧深進她家，帶碧深到露台去看。

她邊走邊說：「那個小洞不是我家的，是整棟大樓的排水口。」

碧深從露台看出去，清楚看到小孔略高於五樓的地面，所以水該不是從五樓地面排出的，而且這單位的冷氣機、洗衣機排水口也不在這邊。

然後，五樓女子把她帶到天台，手上提了一桶水。二人走近天台的圍欄，女子朝牆邊的水渠倒水，碧深聽到汩汩的流水聲，往牆外看，水正從外牆那個小口徐徐淌下。

「看到了吧？那是下雨時大樓排水用的出水口。有時累積了污水，流下去侵蝕了外牆，日子久了，就會造成裂縫，如果你認為不應只是自己一戶負擔，可以找其他住戶開會，找抓漏師傅報價，如果覺得太貴，可商討共同承擔的。我知道你初搬來和鄰居不熟，有需要的話，我可以幫忙召集的。」

也許碧深沒想到自己錯怪了人家，對方卻竟肯仗義幫忙，於是連連向五樓女子道歉、道謝。這次不打不相識之後，碧深和五樓女子漸漸稔熟起來，五樓女子成了地產經紀黃小姐以外，她在高雄認識的第二個朋友。

※　※　※

來到台灣高雄定居的第二個星期，碧深家中的垃圾已堆積如山。因為訂購了不少家具、電器，所以堆積了許多大紙箱、發泡膠，差不多佔了家居的四分一面積。

她在來台灣居住之前，已知道在台灣居住要追垃圾車，要做垃圾分類，問隔壁的鄰居幾時來垃圾車，鄰居說垃圾車每晚七時來，環保車則只有每星期一、四來兩次。鄰居還告訴她樓下的鄰居阿嬤也做環保回收賺點錢，紙箱可放在她家門口，其他類別就要問她。

於是碧深辛辛苦苦把紙箱抬下去，還問阿嬤：「發泡膠回收嗎？」

阿嬤馬上搖手，表示不收。

她當下的理解是：「啊！原來發泡膠不是環保垃圾！」

第二天晚上垃圾車來了，碧深將一大包發泡膠扔到垃圾車上，誰知車上的阿嬤大叫一聲：「環保垃圾不可以扔進去，拿回去吧！」

拿回去？發泡膠已扔進去，沾上了污水、穢物，怎拿回去？

「拿回去！保麗龍要等星期二環保車來才扔。」阿嬤用濃重的台語口音吆喝。（原來他們把發泡膠叫保麗龍，所以鄰居阿嬤根本不知道她說什麼，就隨口說那不是環保垃圾。）

碧深只得無奈地掩着鼻子把發泡膠拿回家，抹了一下膠袋，放在家中角落，但還是很臭，不知沾上過什麼。捱了幾天中人欲嘔的臭氣，終於到了星期二晚上七時。

拿着一大袋發泡膠、一小袋家居垃圾和手機跑下去，卻只見垃圾車，不見環保車，問那個垃圾車上的阿嬤：「環保車不是星期二來嗎？」她答：「誰說星期二？是星期一呀！」

星期一？碧深嘀咕：「你明明說星期二的呀！難道我的國語聆聽能力差到這程度？我要將這惡臭東西拿回家再放一星期？」

憤怒加上絕望，她狼狽地左手仍拿着那一大袋發泡膠，半發洩地右手就把家居拉圾大力扔進垃圾車。

她在爬樓梯回家時，在梯間遇上五樓女子，便不由自主地向她吐苦水，說着說着，她猛然想起：「我剛才丟垃圾時帶出去的手機呢？」

她着慌了！在家裏通處找，又努力說服自己其實沒把手機帶出去。盲目地找了幾分鐘，因關心她的狀況，而一直在門外的五樓女子提醒她：「一定是你扔垃圾時把手上的手機一併扔出去了！垃圾車會在這邊停留十分鐘，現在去找也許趕得及的！」

二人馬上拔足狂奔，幸好垃圾車還沒走，五樓女子馬上問阿嬤有沒有看見手機，阿嬤一臉疑竇問：「手機？垃圾車裏怎會有手機？」怎樣解釋她也不明白，手機是怎麼會弄進垃圾車中的，沒辦法了，碧深狠下決心要去「撈」垃圾找出手機！

「找？怎麼找？你看看……」阿嬷說，碧深一看，垃圾一扔進垃圾車就馬上會被機器捲進去壓碎，她幾乎慘叫：我的手機啊！

她絕望地轉身離開，卻聽到五樓女子大叫：「手機！」

回頭一看，她指着垃圾車斗底，啊！是手機套圖案！因為手機又小又扁，奇蹟地沒被捲進去。阿嬷用鐵夾子幫她把手機夾上來，手機雖然髒，但碧深心中滿是慶幸！初到貴境，沒有了電話怎麼辦？

碧深差點感激流涕，連忙說感謝神，雖然她心裏還是不明白手機是怎樣被弄到垃圾車上的。

五樓女子看到她又哭又笑的樣子，耐心地跟她說：「垃圾放在家會發臭引蚊蟲，按時等垃圾車就要早一點出去吃飯，趕回來等垃圾車，或者餓着肚子晚一點才出去吃。雖然有點麻煩，但也有有趣的一面，每晚看到垃圾車一來，來自四面八方的人就木無表情地一湧而上，你會不會感覺有點像……」

五樓女子話未說完，碧深馬上接上：「Walking dead 裏的喪屍！」

碧深和五樓女子相視大笑。

※　※　※

除了五樓女子，住在隔壁的母女倆也是好鄰居。鼓山一路 66 巷 50 弄 13 號的舊公寓共有五層，每層兩戶，一共是十戶。除了住在碧深樓上樓下、二樓四樓的兩個單位，因為噪音問題而跟碧深不咬弦之外，其他都算是好鄰居。

同樣住在三樓，與碧深住的單位只有一牆之隔的，是一對母女，女兒年約三、四十歲，母親年約六、七十歲。搬來的第一天，黃小姐已介紹她認識鄰居的兩母女，囑她和她們互相照應，誰知道因為一宗小意外，她真要受到鄰居母女的照應了。

事緣碧深住的鼓山一路離鹽埕地鐵站不近，到鹽埕有東西吃和買的地方，最少要走路二十分鐘，如果是晴天，在太陽曝曬之下，或雨天滂沱大雨就寸步難行了。所以她在來高雄的第三個星期，就去買了一部單車代步，把路程縮短到八至十分鐘。

至於高雄的交通狀況，一直以作家自居的碧深，雖然寫過的書都沒多少人買，但愛在臉書上分享她在台灣的生活點滴，她這樣形容這邊的交通情況：

行路難

甫來到高雄，朋友就告誡：一定要買部電單車，單車也好，因為在這裏行路難。住下來之後，發現行路真的很難。

行路難的原因之一，台灣的過路規則和大陸一樣，即使綠燈車輛也可轉彎。綠燈的時間短且轉彎的車輛多，也不見得會讓行人先過，所以過馬路要急急腳，而轉了紅燈也未能過到也時有發生。

其二是駕駛者比較隨意，衝燈、任何時間喜歡就 U turn 是閒事，過馬路要打醒十二分精神。我第一個月來高雄就目睹了五次不算嚴重的交通意外，高雄的朋友說：「沒事啦！習慣了便行。違反交通規則的人遇上執法人員會愈叫愈跑，而且罰則也不重。」

其三，據我的觀察，電單車是台灣人的「腳」，只要是人用腳可走到的地方也有電單車的蹤影，舉凡夜市、街市、公園、行人路，彷彿也是人和電單車並行的地方，行人要時刻留意讓路。

其四，這裏其實沒有所謂行人路，因為地下店主、屋主門外的地是屬於他們的，所以他們可以租給人或自己做生意，也可以泊車、種花、晾衫，有些更千方百計令人不能經過。加上因為是屬於自己的，可以隨意加高、鋪設自己喜愛的地磚，所以一條短直路常是高高低低的，拖着行李喼走實在疲累。由於路上、路邊常泊滿車或放了雜物，行人常要走到馬路上，日曬雨淋、險象環生，不一而足。

其五，台灣人喜歡養狗，由於所謂騎樓是屬於店主、屋主的，路過有時會遇到惡狗撲出來或狂吠。

台灣朋友聽到我會走幾個地鐵站的路去買東西時，會大呼：「厲害耶！」相信其實在暗笑我蠢。

我會告訴他們自己覺得駕電單車頗危險，容易有意外，他們都說：「最危險是走路啊！」

但我還是堅持着，因為我相信香港人長壽的其中一個原因是時常行路。不要說我不能融入當地生活，我有自己的堅持，所以卜居於地鐵站附近，尚幸高雄有頗完善的捷運、輕軌、公車系統，可以略為減輕行路難的苦況！

不同於臉書上所寫的，碧深在高雄的第三個星期，就屈服了，買了一部單車代步。

然而，她的單車時常在道路上遇上它的天敵——電單車！在台灣駕電單車的人，遠比駕單車的人多，駕電單車的人多勢眾，而且電單車的馬力強大，碧深常被不肯讓路、在身邊呼嘯而過的電單車嚇個半死，這一次，她差點被一輛急速轉彎的電單車撞到，因閃避而連人帶車摔倒了，幾乎弄得遍體鱗傷。

步履蹣跚地推着單車，走了三十分鐘回家，還要一拐一拐地爬上三樓，令她的腳傷上加傷！幸好鄰居的女兒剛好出門丟垃圾看到她，將她扶到自己家中為她搽藥油、包紮傷口。本來碧深的一日三餐都是到鹽埕區的小店吃，因為腳受了傷不能外出，鄰居的母親竟為她提供一日三餐。

「沒什麼的，反正我每天也要煮兩人的飯菜，只是多煮一點點吧了！」鄰居的母親說。

沒想到鄰居的母親竟是隱世廚神，她煮的台灣馳名食品——滷肉飯、切仔麪都比外面小店的好吃，碧深算是因禍得福了。

五樓女子知道碧深受傷後，讓她坐在自己的電單車後座載她去看醫生，之後又不厭其煩地帶她去覆診。因為這次小意外，讓她嘗到了鄰居之間的互助，以及高雄人濃濃的人情味。

冷知識5：切仔麵與擔仔麵

「切仔麵」原意是指煮麵的動作，也就是「摵，上下搖動」，後來以俗字「切」取代。切仔麵的必備工具就是笊籬（撈東西的器具，具長柄，能漏水，形似蜘蛛網），麵體放入笊籬沉入熱湯中，過一會兒再拉出水面瀝乾到不滴水，如此重複八次，此為切仔麵傳統作法。切仔麵發源自台灣北部。

摵仔麵即是俗稱之黃湯麵，台灣當地稱為「擔仔麵」。由於讀音相近，常被誤作「切仔麵」。「擔仔麵」原意是指挑擔煮麵的攤子，早年小販挑着扁擔沿街叫賣，源自台灣南部。通常供應擔仔麵的店家都會打造一個煮麵攤，煮麵人坐着而非站着煮麵的畫面，是擔仔麵傳統做法最吸引人之處。

切仔麵與擔仔麵同樣都以黃麵為主，然而兩者分量上並不相同，切仔麵是扎扎實實一大碗，而且光麵條就佔了整碗的七成；擔仔麵只有切仔麵的一半，這是因為南部人把擔仔麵當做小吃而非正餐，小吃講究的是吃巧而不吃飽。切仔麵與擔仔麵的湯頭也不同，切仔麵多以豬大骨、五花肉為基底熬煮而成，味鮮甜。而擔仔麵一般用蝦頭、蝦殼熬湯，因為其中有肉燥，要加上一瓢蒜泥以壓過腥味。

切仔麵的重點配菜是肉片，多半採用豬後腿腱，氽燙（飛水）過後切成薄片擺上一至兩片在麵上。傳統做法的麵體會呈現小丘狀，注入湯頭，加點燙好的韭菜、豆芽菜，最後淋上少許豬油、撒紅蔥頭。擔仔麵的重點配菜是蝦，蝦要與小碗的比例和諧，而且必留蝦尾，擔仔麵做法是將麵條放入笊籬燙熱，再放入豆芽菜氽燙，將其倒扣到碗內，淋上一匙蒜泥、烏醋、肉燥，添湯汁，最後再擺上蝦與香菜。

冷知識6：滷肉飯或肉燥飯

滷肉飯是台灣流行的一道豬肉丁（或絞肉）飯菜餚，在台灣南部稱為肉燥飯。滷肉飯在台灣被視為極具台灣特色的民眾小吃，在全台各地都有店家販售，南北有不同的意義。

在北台灣，滷肉飯為一種淋上含有煮熟碎豬肉或炒香肉燥（豬絞肉）及醬油滷汁的白飯菜餚，有時醬汁裏亦會有香菇丁等的成分在內。「滷肉飯」在台灣南部是指有着滷汁塊狀肉的切丁滷肉飯，有些店家搭配筍乾醃蘿蔔乾。南台灣的滷肉飯通常是以肥瘦一定比例的豬絞肉滷製，但北台灣的滷肉飯通常用含有豬皮的肥肉切丁滷製，兩者的口感和口味略有不同。

作法是用大鍋炒切碎的五花肉或絞肉，接着放入紅蔥酥、蔥、蒜、冰糖、白胡椒粉、醬油、五香粉和米酒等調料。最後放入鍋中加水，小火燉製。也可以加入香菇、醬瓜、滷蛋、油豆腐等一起烹調。

第六章：餵貓家族

隨着香港的肺炎疫情一天比一天嚴重，碧深一天比一天擔心芯慧在香港的情況。

起初是香港出現口罩荒的問題，碧深幾乎走遍整個高雄，甚至乘火車去周邊的屏東市，才搜羅到幾盒口罩寄給芯慧。後來，台灣政府不准口罩出口，碧深也就無計可施了，唯有盼望芯慧省着點用，可以撐到香港有多點口罩供應。

之後是香港實施限聚令，限制四人以上的聚會，食肆則限制晚市時間，且不可以四人以上同桌用餐，往後，更發展成禁晚市，甚至封大廈封社區……

本來，這一切對芯慧影響不大，反正她在家工作不用去上班又不愛外出；不會使用公共設施打球、跳舞；不會約人聚餐、飲酒開派對……反而，如果碧深留在香港，喜愛和朋友聚會，不喜被困家中的她一定無聊死了。

然而，芯慧有一個生活習性，卻因為香港的疫情肆虐而大受影響。

芯慧不會下廚煮食，更不會外出買菜，從前碧深在港時，會和她一起外出吃飯，也好讓她見見人。由於她很難接受新事物，碧深和她幾乎在同一間食肆解決早、午、晚三餐，吃膩了或者就由碧深去其他地方買外賣、去超市買速食食品，或碧深下廚煮麵、做沙津、三文治。

可是會吃膩的只是碧深，芯慧是從不會吃膩的。她可以數年如一日的光顧同一間食肆，坐同一個座位，吃同樣的早午晚餐，彷彿一成不變的生活規律才能帶給她安全感。

受到她青睞的是一間和他們居住的福華街裕豐樓只有兩街之隔的雙喜茶餐廳。雙喜茶餐廳開業已經二、三十年，數十年不變的室內陳設、裝飾、和善而不多話的老闆、老闆娘……自從被碧深硬拉着來這茶餐廳光顧之後，芯慧就每天自發地來光顧，而且不肯再去另一間食肆。

這天，芯慧傳給碧深一張相片，相片是在雙喜茶餐廳門外拍的，茶餐廳的捲閘拉下了，上面貼着一張寫上「結業」兩個大字的紅紙。

糟了！連雙喜茶餐廳都捱不過疫情結業了，這對於芯慧而言是半個世界末日，整個天塌了下來！不能再光顧雙喜茶餐廳，碧深知道她不會光顧其他食肆，她也懶得去其他食肆買外賣，一定只會在便利店買一些罐頭、即食麪、袋裝麪包回家吃，甚至是一買便是一、兩星期的分量，便躲在家不再外出。

最令碧深擔心的不是芯慧只吃一些罐頭、即食麪、袋裝麪包，而是從前她至少會每天去雙喜茶餐廳，吃飯時會見到其他人，會見到茶餐廳的老闆、老闆娘，會聽到他們和客人的閒話家常。雖然她不會插話，但她會聆聽，有時會因而咀角泛起笑意，這裏是讓她感到安全、舒服、愜意的地方。

碧深看着芯慧傳來的相片發愁，同時憶起雙喜茶餐廳從前的種種……

這間位於石硤尾和深水埗交界的小茶餐廳，連名字也帶點土。茶餐廳開在深水埗，深水埗區是全香港經濟環境最差劣的區域之一，也是最多綜援阿伯、最多籠屋的區域，不是嗎？茶餐廳七、八成的顧客都是阿伯，一進去就嗅到老人味、藥油味、廉價香煙的煙味，還夾雜着咳嗽聲，以及老人在扮有見地的爭論政事、國家大事的嘈吵聲。

在這個區裏，比較像樣的商場也只有西九龍中心，賣的也不是什麼潮流物品，較著名的街道如鴨寮街等，都是賣些廉價物品，餐廳如果開在黃金、高登電腦商場旁邊還好，起碼那邊人流旺，有區外人來購物，一個午餐、茶餐也可以賣貴一點。可是，這餐廳的老闆偏要選在石硤尾街市附近的南昌街開業，光顧的都是阿伯。走進茶餐廳，彷彿時光倒流了七十年。

茶餐廳最出名的是「招牌餐」，又稱「廿元餐」，一個餐只收二十元，已有鮮油餐包、火腿通粉及咖啡或茶，雖然分量不大，卻絕對物超所值，阿伯進來最愛光顧的就是這個餐，而且一坐就是一、兩個小時，看報聊天，這裏就像是他們的家。

這樣價錢的套餐，就算每天能賣五十個、一百個，又能賺多少？但老闆娘說要體恤這區的老人家，為他們着想。來光顧的多是領綜援的老人，有些交了房租，每天三餐也成問題，賣這種「廿元餐」，總算是個幫忙吧！老人家退休，無事可幹，也沒地方可去，讓他們坐久一點又有什麼相干？

那麼茶餐廳賺什麼呢？老闆娘說：「賺夠交租、買貨的錢，賺回她和老闆的人工，夠我們一家簡簡單單過日子就心滿意足了。」因此，有些客人會取笑他們不如乾脆開辦善堂、老人中心算了。

老闆娘卻說：「那我又沒這麼偉大，既然沒空去做義工，在這裏好好對待來光顧的老人家，就算是回饋社會了。」

但是，她真像個義工，住在附近的阿婆來「惠顧」十多二十元，她就給人家大大碗通粉，還盛一大盒飯、加幾個麵包給她拿回家去。

「這老人家靠微薄的『生果金』過活，還要拾紙皮、鐵罐來養活小孫女，也怪可憐的，所以每次她來，就給她些飯菜、麵包，讓她拿回家給孫女兒吃。」老闆娘這樣解釋。

那些阿伯常在餐廳裝作幫忙招呼客人，倒倒茶水、傳幾個餐，就在這裏白吃白喝，老闆娘也由得他們，只說：「都是老街坊了，他們也是『手頭不便』才這樣，就由他們吧！」

碧深也見過那些阿伯向老闆娘借錢，老闆娘多的不會借，三、五十元她總會慷慨借出，也從不會向那些阿伯討還。

老闆也是一個與世無爭的人，只顧在廚房裏由早做到晚，他的口頭禪是：「隨便啦」、「問老闆娘吧」、「平平淡淡、安安樂樂、與世無爭就最好……」。除了工作，他最大的娛樂就是晚上在餐廳裏和附近的阿伯打麻將，即使輸的也只是區區數十塊錢，日日如是。才四十多歲的老闆，已經被那些阿伯同化，頭頂的頭髮愈來愈稀疏，連外表也變得愈來愈「阿伯」了。

小茶餐廳裏的陳設也是數十年如一日，發黃的牆壁，幽暗的燈光，一坐下去就會發聲的木卡位，還有方桌、鐵椅。十多年來，就只換過卡位、鐵椅的皮，由啡色轉了深藍色，那甚至不是真皮，只是些塑料布而已。那些桌子及椅子用了十多年，老闆才肯大破慳囊換了它。

餐廳門口是一個木製的付款櫃檯，老闆娘就在這裏邊吃她的午飯或晚飯邊收錢的。因為她不太緊張錢，所以不像別的餐廳老闆娘般，駐守在付款櫃檯裏半步不肯離開，總是有人走近叫她結帳，她才不知從哪裏跑出來。有時工作忙，如果不用找贖的話，她乾脆叫客人把錢放在櫃檯上算了，她倒肯信人，老說：「街坊生意嘛，他們騙得你多少？」

碧深有時覺得芯慧有點像那些阿伯，只求一成不變和安逸，又或許，她是喜歡這裏老闆和老闆娘的人情味，所以在碧深帶她來過幾次之後，她就死心塌地的每天來這裏「打躉」。

※　※　※

每當想起芯慧，碧深腦際就泛起她被成千上萬的杯麪杯、罐頭罐、薯片袋包圍的景象，芯慧會成為住在垃圾屋中的獨居老人嗎？碧深想着就心疼。

怎麼辦？要為芯慧找一間適合她解決一日三餐的食肆不難，但要有一個她完全信任的人拉她去、陪她去，她才會漸漸習慣，可是，她完全信任的人，全宇宙只有碧深一人，要回香港救她？還不至這麼迫切吧？還有其他辦法吧？

她不由自主地又傳了訊息給一貓二貓三貓，問：

「一貓二貓三貓，該怎麼辦？誰能拯救芯慧？」

她發了訊息後不斷祈禱，祈求得到答案。十多分鐘後，那邊傳來回應了！

又是三張相片——

第一張，是殘舊黑色皮褸的衣角，衣角上端可看到拉鍊有點生鏽了，那該是已穿了上十年的皮褸。

第二張，是殘舊吊腳黑色絨西褲的褲腳，褲腳邊緣還有一些泥漬。

第三張，是半個舊式鋅鐵碟，碟邊有許多刮花的痕跡，碟面亦不再是銀色閃亮，而是經年月磨蝕變成黯淡的淺灰。雖然洗得乾淨，但碟子也該已用上了十年了吧？

殘舊黑色皮褸、吊腳黑色絨西褲……啊，那是「天台叔」！

可是，一貓二貓三貓提他幹嗎？雖然芯慧也認識天台叔，但不會熟絡到肯跟他到外邊食肆覓食吧？而且天台叔一日三餐自己煮，根本不會外食！

慢着，還有第三張相，鋅鐵碟又是什麼提示？那……那既是天台叔蒸肉餅常用的，他也會用更舊更破的鋅鐵碟盛貓魚、貓飯餵貓。

餵貓？餵貓團隊？餵貓家族？碧深想着想着，逐漸有點眉目了！

※　※　※

天台叔是住在碧深、芯慧家隔壁天台的大叔。碧深、芯慧的家在裕豐樓十二樓，樓頂上都是僭建的天台屋，除了他們家的天台是半丟空種花用的之外，其他天台屋都是住人的，天台叔就是其中一間天台屋的住客。

天台叔約莫六十多歲，聽看更伯說他和太太離了婚，他只有一個女兒也出嫁了，只剩他一人住在約二百呎的天台屋中。

碧深、芯慧之所以會在裕豐樓六十多戶鄰居、百多個住客中留意到他，只因他常端着裝滿餸菜的鋅鐵碟，由十二樓乘升降機到不同樓層，最常是端到地下管理處給看更伯。

看更伯說天台叔退休前是大牌檔的「後鑊」，年紀大了，雖然不能再單手提起幾斤重的油鑊，但烹飪的功力沒減退。他常在家裏烹調珍饈百饌，久而久之，在鄰居中有了口碑之後，他就為看更伯和一些獨居的劏房鄰居提供比外面食肆便宜、抵食夾大碟的一日三餐。

請天台叔為芯慧提供一日三餐？這不是不可行，只是芯慧不容易接受不相熟的人提供的食物或幫助。就算是貓也不大會接受不認識的人餵牠們吧？而且，如果天台叔為芯慧提供一日三餐，她就更不會外出接觸人了，一定會悶出心理病來。

慢着，餵貓？碧深想起了「餵貓家族」。

碧深和芯慧搬到裕豐樓之後，就開始餵天台和後巷的貓。他們的天台除了一貓二貓三貓在此長居之外，還有不少浪跡於附近大廈天台的過客貓。他倆在餵一貓二貓三貓之餘，也會預備多些分量餵其他過客貓。樓下的後巷也有很多瘦得像皮包骨的街貓，於是他倆也會順道餵他們。

可是，有幾次他倆餵一貓二貓三貓和過客貓時，竟發現他們對貓糧沒多大興趣，後巷貓也是如此。之後，他倆發現天台和後巷地上放了有貓魚的碟子，他倆躲在一旁偷看，才發現除了他倆，還有天台叔和其他鄰居也有餵貓。

碧深心想這樣下去不是辦法，一來會因為重複餵飼浪費了貓糧，二來萬一餵食不均，令一些貓太飽，一些貓沒得吃就糟了。於是，她請天台叔召集其他餵貓人，分配好地點、日期，大家輪流餵貓，這樣就不會浪費貓糧和人力，大家都省了時間省了錢。碧深其後還為團隊起名為「餵貓家族」，在 WhatsApp 建立了羣組方便聯絡。

雖然來了台灣，但碧深還有和餵貓家族的羣組有聯絡，她在羣組中發放了芯慧需要幫助的訊息，請組員在每星期芯慧負責餵貓的兩天，帶些飯餸給她吃，和她說說話。芯慧不會答話，但她會聽，給她東拉西扯，什麼也說說便行。

至於不是芯慧負責餵貓的日子，碧深請天台叔為她預備一日三餐，她叮囑天台叔煮好了飯餸，盛在竹籃內放在門前，按了兩下門鈴就可以走，每個月尾結一次帳，由碧深付款就好。

芯慧常認為貓和人一樣，人和貓也沒什麼不同，所以貓可以讓人餵飼，人也可以，碧深說服她不要抗拒天台叔提供的食物。

之後，碧深還幫天台叔設計營養餐單，有時會請教鄰居媽媽台式家常菜的煮法，和天台叔分享，讓芯慧也嘗嘗台菜口味。

碧深受傷後，受到鄰居照顧而且得享口福，她很願意將這種福氣和芯慧分享，而且自己想到這種和芯慧分享的方法，因此認為自己十分聰慧，更為此沾沾自喜。

※　※　※

當然，這也得力於一貓二貓三貓的幫助，碧深在網上看到過有文章分析說貓的智慧其實很高。動物學家說貓咪的智商相當於人類兩至五歲，從以下八種表現可以看出貓是否有智慧。

1　在野外，只有自信和擁有更強實力的貓，才會用較慢速度進食，因此智力高的貓往往吃飯速度較慢，相反，弱小的貓因為擔心食物被搶會盡快把食物吃掉。

2　對溫度敏感的貓，不僅會有更好的學習能力，這些貓還更加懂得留意自己的健康；這些貓甚至可以預知一些風險，稍微發現一點有可疑的危險因素，這些貓會迅速避開。

3 有的貓幾乎對所有食物都有興趣，這些貓的胃口很好，但智力平平。另外有些貓會挑食，這些貓只願意吃高質素的獵物／食物。那些懂得對食物作出選擇的貓，往往智力較高。

4 如果家中養了多隻貓，你會發現總有一隻會每天主動鍛煉。當別的貓懶洋洋不動時，只有智力較高的貓會選擇陽光充足的區域跳躍或者跑動，這些貓一生之中的病痛很少。

5 智力高的貓很善於通過經驗學習，智力高的貓也會觀察人類的行為，然後學會開門、開櫃子的技巧。

6 大部分貓的注意力只能維持在十分鐘左右。當一隻貓的注意力可以維持超過十二分鐘，甚至達到十五分鐘，證明這隻貓的智商很高。

7　聰明的貓可以記住很多人類的聲音指示，這些貓會更快地對人類的指示作出反應。

8　貓願意在高處趴着，那麼這隻貓可能智力較高。貓在高處更容易觀察領地內的各種細節，聰明的貓會選擇隱蔽的高處。

根據從前在裕豐樓天台對一貓二貓三貓的觀察，牠們都分別有這些高智慧表現，而且牠們會看手機訊息且懂發訊息，更會解決碧深的疑難，為她出謀獻策，牠們必定是高智慧生物，甚至可能是來自外星的高智慧生物！

第七章：使壽數多加一刻

碧深來到台灣大半年，除了有好鄰居，還交上不少好朋友，都幫上了她大忙。這些好朋友，根據來源可以分為三大類。

其一，是地產經紀，台灣人稱為仲介。前面已說到過幫碧深隔山買牛，買了她的住處鼓山一路三樓公寓的黃小姐，之後，因為碧深恐怕在高雄沒工作沒收入會坐吃山崩，想到要買一些只賣港幣二、三十萬元一間的小套房收租，但黃小姐受僱的地產公司只做較大面積的樓房買賣，於是介紹了一個專賣小套房的地產經紀朋友給碧深，於是碧深有了兩個做地產經紀的朋友。

他倆閒時會相約茶敘，也會叫上碧深，聽他倆閒談關於工作的事，令碧深得到不少關於台灣樓房買賣的知識，聽了幾次，她更將聽來的知識寫成文章放上臉書和香港朋友分享。

樓，樓，樓

移居到一個地方，衣食住行的適應十分重要，其中首要的，應該是住吧！

許多人在移居一個地方之前，會先找好落腳點，先買一間屋或至少先租住一個地方。台灣的樓價怎樣也較香港便宜，而以我居住的高雄來說，要在這裏找住處一點不難。

說來好像賣地產廣告似的，台灣南部的樓價普遍比台北便宜很多。以高雄為例，大約二百萬台幣（約五十多萬港幣）已可以買到一間實用大約二百呎的套房。設施不錯的市區新建大樓，兩至三房的大概八百至一千萬（約二百至二百五十萬港幣）就能買到。在香港要買整棟共兩、三層，實用大約一千呎的舊房子價格會很驚人吧？在這裏也是幾百萬到一千萬就能買到，那塊地還是屬於你的。

這裏賣的屋子主要分為以下幾類：

1 大樓，就是有電梯的大廈；

2 公寓，類似香港的唐樓，多數四、五層高，要走樓梯；

3 透天，就是整棟都是屬於你的建築物，通常樓齡都有三、四十年；

4 別墅，也是全棟屬於自己的，樓齡較新、建築用料較好，地下有車庫。

樓價很便宜很吸引吧？但是台灣政府為了打擊炒賣，稅率頗高，如果買了屋一年內出售，要付賺到的 45% 的土地合一稅，兩年內賣要付 35%，還有其他稅項要付。外國人如香港人、大陸人要買屋也有頗多限制。

其實這不是很好嗎？打擊炒樓，樓價低、租金便宜，小店才經營得下去，我們才會有許多古早味老店價廉物美的美食可品嘗吧！

※　※　※

碧深的朋友分類其二是來自參加國語班、台語班認識到的香港新移民同學。從外地移居香港的人被稱為新移民、新來港人士；香港人初來台灣的，則稱為新住民。像香港一樣，台灣有一些社福機構會辦一些活動，幫助新住民適應新環境。

黃小姐介紹碧深到一間名為牧愛會的中心上國語班、台語班，班上超過一半是香港人。導師說：「以前來上課的，多是嫁來台灣的越南新娘、東南亞新娘，但今年起多了很多香港人。」

上台語課、國語課很好玩，香港人通常分不清第一聲和第四聲，讀音笑死人，也常問一些奇怪問題，令導師哭笑不得。

碧深在班上認識了一些來自越南的同學，其中三、四個是剛嫁來台灣的越南新娘，兩個挺着大肚子來上課的，上了一半課堂便生產去了，一個還生了雙胞胎。他們多是廚藝高手，常煮一些好吃的越南菜帶來請同學吃，口福不小。

班上也偶爾有外國人，其中一個男士來自瑞典，娶了個台灣太太，放假來台陪妻女，因着疫情滯留，趁有空來學國語，碧深就自告奮勇充當他和導師之間的翻譯。

中心還會舉辦一些活動，讓新住民多融入台灣文化。碧深也參加過兩次，其中一次是越南新娘穿上傳統越南服飾行 catwalk，瑞典男士則穿上燕尾服撐場，香港的同學也被臨時拉伕穿上禮服表演，碧深就在一旁當觀眾和幫忙做義工，這種活動讓人感到很有趣。

中心還有法律、消費者權益、親子教育等講座，更有一日台式料理課程等，對於初來乍到又沒工作的碧深來說，是解悶和認識新朋友的去處，而最大得着是認識了一班來自香港的朋友，大家互相幫助，過時過節一起開大食會，分享適應新環境心得。人在異鄉，有可以互相照應的朋友是很重要的。

※　　※　　※

碧深的朋友分類其三是來自鹽埕教會。她在香港也有在位於太子的中華基督教會望覺堂參加崇拜，來到高雄後，她開始留意在居住的鼓山區附近有什麼教會。偶然看到一則有關高雄人發起為香港民主自由的祈禱會，就在離她的住處不遠，走路去只需二十多分鐘的教會鹽埕教會舉行。

碧深去了參加，但卻令她有點失望，因為祈禱會大多時間都說台語。

她想：「就算在場的電視台記者將祈禱會的內容拍下和香港人分享，香港人也聽不明白，不能給他們鼓勵呀！」她為此向主辦單位負責活動的牧師投訴，牧師詳細向她解釋因為教會的會眾中有很多是老人家，他們只懂台語。牧師還告訴她教會每星期有三堂崇拜，星期日早上的兩堂是台語崇拜，星期六晚上有一堂國語崇拜，有很多在職和在學的年青人參加。

碧深雖然認為自己不再是年青人，但因為不懂台語，就選擇了參加每星期六晚上舉行的國語崇拜。

鹽埕教會，全名是台灣基督長老教會鹽埕教會，是位於台灣高雄市鹽埕區的基督新教教堂，設立於一九二三年，最初為鳳山基督教會高雄講義所，一九三一年升格為堂會，當時日治時期，曾被稱為高雄市北野町高雄基督教會。

鹽埕教會與旗後教會、鳳山教會同為高雄三大古老新教教會，其哥德式禮拜堂為知名景點，每年聖誕節前後會進行聖誕燈飾亮燈儀式，教會古典的哥德式教堂，經常與愛河東側的玫瑰聖母聖殿主教座堂一同成為許多遊客喜愛造訪的景點。

星期六晚上舉行的國語崇拜參加的人不多，大約有二十多個年青人，其中也有三、四個和碧深差不多年紀的，包括一位在附近的中山大學的教授、帶領敬拜隊的安珍姐，還有傳道人陳傳道和他的太太。年青人崇拜的氣氛很活潑，崇拜中唱詩歌的時間約佔三分一，敬拜隊的年青人歌聲動聽，鼓聲和電結他、電子琴的合奏讓氣氛昂揚，參加者都十分投入。

碧深每星期六都風雨不改的來參加崇拜，還在很多教會活動中幫手，因此和中山大學的教授、帶領敬拜隊的安珍姐，還有傳道人陳傳道夫婦也漸漸熟稔起來。

※　※　※

碧深來到高雄之後，腸胃的健康狀況惡化了。來台灣之前，當醫生的朋友已對她說台灣的食物不大健康，當時她不相信，但住下來之後，她深信不疑了。

先說說早午餐吧，台灣的早午餐店通常賣漢堡、吐司（多士）、三明治、蛋餅、紅茶、奶茶、咖啡、豆漿等，其中，吐司、漢堡、蛋餅和鐵板麵，都可再選配肉排、培根（煙肉）、火腿、肉鬆、蛋等不同肉類配料，其中多有不健康的精製肉。而喜歡吃麵包的有多士、厚片多士、法國多士、丹麥多士，牛角包、貝果子（bagel）等可選擇，且都會塗上厚厚的果醬、奶酥、花生醬或巧克力醬，糖分爆表。在餐單中必有的蘿蔔糕、蛋餅、薯條，烹調方式都會用上很多油。而較健康的穀麥麵包、麥片、蔬菜、生果，這些食品鮮少在餐單中出現。每天在這些早餐店吃早午餐，對健康的影響可想而知。

至於許多人喜歡逛的夜市，油炸、燒烤食品更是充斥其中，如最多人喜歡吃的炸雞排、排骨酥、臭豆腐、烤肉、炸蕃薯球，飲品店大賣的珍珠奶茶、珍珠黑糖奶等，含有大量的脂肪或糖。芝士蛋糕、泡芙等甜品中的脂肪……都與健康飲食習慣背道而馳。

碧深每天都光顧早午餐店和其他小店，胃脹、胃痛、上腹痛及肚瀉的情況經常出現，膽固醇高出正常值，黃小姐建議她看中醫調理，還介紹了兩個中醫給她。

台灣有很健全的健康保險，每月付港幣數百元便可得到健全的保障，看西醫、中醫、牙醫也可，還有免費的乳癌、子宮癌、大腸癌、口腔癌飾檢，四十五歲以上的，每年有免費健康檢查……

碧深來台灣半年便有資格加入健康保險，拿着健保卡去看黃小姐介紹的中醫，只花台幣百多二百元（即大約港幣五、六十元），即可得到中醫診治、針灸和兩星期的中藥粉沖劑。但是在看了中醫半年之後，碧深的情況也沒有改善，她覺得看過的中醫，說的話有點玄虛，而且斷症是憑經驗不憑實證，令她不太有信心。

在上國語班小息時，她跟和她一樣來自香港的同學談起自己的健康問題，同學七咀八舌地說：「中醫在斷症方面比不上西醫，身體出現毛病的話，去看西醫照X光、超聲波，才可診斷是患了什麼病！」

「我上次腸胃不舒服，去大同醫院照了胃鏡、全腹超聲波，只花了數百元台幣，以前在香港的私家醫院做這些檢查要花上萬元呢！而且排期只需要等一、兩星期，在香港的公立醫院要排期大半年啊！」

「病向淺中醫啊！做了檢查沒事就安心了，就算有事，也可以及早醫治啊！」

聽了他們的話，碧深就往大同醫院看肝膽胰內科，獲安排一個多星期後可照胃鏡、全腹超聲波。做完檢查覆診時，醫生告訴她全腹超聲波檢查中發現她的膽內有一顆1.5cm的膽石，是引致右上腹痛的原因，這是多吃油膩的食物有關，但問題不算嚴重。照胃鏡時則發現她的胃裏有瘜肉、膽管、十二指腸有腫脹的情況，已經抽取組織化驗是否有惡性組織，病理報告要一星期後來複診才看到。

聽到醫生的話，碧深大驚、忐忑不安。當晚她上網看了很多資料，發現胃瘜肉雖然良性居多，但有百分之幾的機會是胃癌。膽管腫脹的情況就嚴重多了，可以是患上膽管癌，而膽管癌被發現時多已屬晚期，頗難醫治，而且死亡率高。

還有一星期才可覆診看病理報告，這一星期怎麼過？在往後兩天，碧深寢食難安，食不甘味，坐立不安，感到自己大限將至。

在三天後的星期六，她到教會參加崇拜後，把自己的情況和憂慮告訴中山大學的教授、安珍姐和陳傳道夫婦，他們都為她祈禱。陳傳道着她回家看《聖經》的〈路加福音〉第十二章。

當晚，她在睡牀上看到〈路加福音〉的這幾段：

（耶穌）就用比喻對他們說：「有一個財主田產豐盛；自己心裏思想說：『我的出產沒有地方收藏，怎麼辦呢？』又說：『我要這麼辦：要把我的倉房拆了，另蓋更大的，在那裏好收藏我一切的糧食和財物，然後要對我的靈魂說：「靈魂哪，你有許多財物積存，可作多年的費用，只管安安逸逸的吃喝快樂吧！」』神卻對他說：『無知的人哪，今夜必要你的靈魂；你所預備的要歸誰呢？』凡為自己積財，在神面前卻不富足的，也是這樣。」

耶穌又對門徒說：「所以我告訴你們，不要為生命憂慮吃什麼，為身體憂慮穿什麼；因為生命勝於飲食，身體勝於衣裳。你想烏鴉，也不種也不收，又沒有倉又沒有庫，神尚且養活他。你們比飛鳥是何等的貴重呢！

你們哪一個能用思慮使壽數多加一刻呢？這最小的事，你們尚且不能做，為什麼還憂慮其餘的事呢？你想百合花怎麼長起來；他也不勞苦，也不紡線。然而我告訴你們，就是所羅門極榮華的時候，他所穿戴的，還不如這花一朵呢！

你們這小信的人哪，野地裏的草今天還在，明天就丟在爐裏，神還給他這樣的妝飾，何況你們呢！你們不要求吃什麼，喝什麼，也不要掛心；這都是外邦人所求的。你們必須用這些東西，你們的父是知道的。你們只要求他的國，這些東西就必加給你們了。」

碧深心想，這陣子以來，她一直擔心自己的健康，擔心自己有大病，擔心自己會死，她依賴朋友、網上的知識、醫生的診斷，但也不能令自己的內心有平安。此刻，她明白自己不能令一條白髮變黑、不能令壽數多加一刻。這最小的事，她尚且不能做，憂慮又有什麼用呢？過去，她倚靠朋友、醫生、知識，更多時間是倚靠自己，但這時，她明白到——除了神，還有誰是可靠、可信、可倚賴的呢？於是跪下來誠心祈禱。

※ ※ ※

在這段漫長的等候時間，碧深內心受到感動，寫了一篇生命見證投稿到台灣《耕心》週刊：

我在二〇二〇年七月二日離開香港來台定居，至今已拿到台灣身分證，在這期間，一直蒙神帶領，深深感受到神的大愛與恩典。

在申請來台時，遇上過大大小小的阻礙，都是蒙神帶領走過。例如在來台身體檢查後回香港，因為其中一項沒過關，本要乘飛機再來一次做檢查，但後來聯絡醫院，經查核原來只是部分文件有問題，在香港補上便行，就不用再飛台灣一次了。

到台灣定居之後，生活上很多事情要適應，時感徬徨，蒙神帶領找到鹽埕教會，教會的傳道和教友都充滿活力和關愛，而且常常為香港祈禱。我們每次參加崇拜都歌唱讚美主，充滿喜樂，心靈變得充實。

直到可以申請台灣身分證，卻遇到一些阻礙，申請部門說我不合申請要求，叫我兩年後再來申請。那位人員說自己有二、三十年有關經驗，一定錯不了。當時我不知所措，唯有切切禱告尋求神帶領。之後，再到另一間機構申請並遞交補充文件，這一次我終於拿到了身分證，神是聽禱告和信實可靠的。

在香港的時候，一直有參與爭取民主、公義的遊行、集會，離港之後，香港的情況一天不如一天，每次在媒體上看到有關香港人受政權逼迫的新聞，內心也感到十分難過，有時更難過得睡不着覺。

與此同時，香港的疫情日益嚴重，更出現了口罩荒，香港的朋友囑我代購口罩，我深深感受到他們的徬徨與無奈。

雖然時常為離開了香港不能和香港人共度時艱而自責，但有時也覺得自己彷彿登上了挪亞方舟。因為在自己申請到定居證後，香港人移民台灣的門檻提高了很多；二〇二〇年八月後，某些審批政策又再收緊，但兩次我都剛好在政策改變前啟動有關程序，所以能順利通過。

在世界各國疫情嚴峻，很多人因而要禁足不能外出之際，因為來了台灣，我竟能如常過活，戴上口罩就能到處去，這不是神的恩典和帶領又是什麼？

反省自己一直十分懶惰，甚少向人傳福音，實在虧欠了神很多，而父神在大大小小的事情上扶持我和家人，我們只要倚靠祂，不住禱告，凡事謝恩，把重擔交給祂，就可以得到喜樂與平安。這麼大的福分，我希望和更多人分享，神豐豐富富的恩典也令我再沒有藉口懶惰。誠望正在閱讀這篇文章的你也能認識祂、倚靠祂，讓你也可以罪惡得赦，得到出人意外的平安與喜樂，得到永恆和豐盛的生命。

※　※　※

碧深於大清早七時四十五分，就來到大同醫院肝膽胰內科候診室，她的候診號碼是五十六號。等到十一時三十五分才輪到二十五號，她想應該至少要等到中午十二時多，甚至一時多才輪到她，但是，當她寫完這篇生命見證以電郵投稿到台灣《耕心》週刊後，護士卻叫了她的名字。她想難道是醫生或護士知道她大清早就來了，等了很久而且一定十分憂慮，便提早讓她進去？

碧深戰戰兢兢地走進診症室，安靜地坐下，心情像等候宣判死刑似的。

女醫生將她的健保卡插入電腦讀卡機，神情凝重地細看屏幕上顯示的檢查和化驗報告，然後對碧深說：

「胃裏的瘜肉和膽管、十二指腸組織的病理報告也沒問題，該只是有點胃潰瘍和十二指腸潰瘍，拿些藥回去吃，吃完再來覆診便行。」

聽了醫生的話，碧深放下了心頭大石，心中說了很多遍感謝神。出了診症室後，就拿出手機，準備約好朋友們大吃一頓了！

冷知識7：鹽埕教會

台灣基督長老教會鹽埕教會，是位於高雄市鹽埕區的基督新教教堂，設立於大正12年（一九二三年），其哥德式禮拜堂為知名景點，每年聖誕節前後會進行點燈，古典的哥德式教堂，經常與愛河東側的玫瑰聖母聖殿主教座堂，一同成為許多遊客喜愛造訪的景點。

一八六七年，馬雅各博士在埤頭（現在鳳山區）北門外建築台灣第一個禮拜堂，經過五十六年後做了母教會，在高雄市鹽埕埔設佈道所，為高雄鹽埕教會前身。

一八九五年，日本佔台後，基督徒做禮拜必須到旗後教會，不但路遠，且要渡舟過海，冬季寒冷或雨期尤感不便，所以希望能在高雄市內做禮拜，後終獲租鹽埕町一丁目十二番地林迦氏家屋開設佈道所，鹽埕教會正式設立。最初信徒有九名，聚會有三十七名。

一九二四年，因為所租家屋又小又熱，不適合聚會之用，故遷至鹽埕埔二百四十二番地，在鐵路工廠後之紅磚厝。

一九四五年，第二次世界大戰末期，聖堂及小厝全遭炸毀，戰後設法修建。及後，高雄市人口激增，遂另覓現址遷建。

一九五一年四月教堂在現址建堂竣工。

一九五四年七月開辦幼稚園服務社會。

一九七五年十月成立鹽光儲蓄互助社。

一九七七年七月興建五樓教育館。

一九八四年九月興建鹽埕光幼教中心。

一九九五年興建宣教大樓。

一九九六年十月開辦松年大學。

第八章：看更伯的七天

經歷了忐忑不安的一星期，碧深回想起從前在香港，每年也會和芯慧一起去醫院做定期身體檢查。專家建議成年人在二十五歲後，每年應做定期身體檢查，有健康問題就可以早發現早醫治。每年的身體檢查都是碧深強拉芯慧去的，芯慧不會積極、自發去做這些事。

當她正想發訊息提醒芯慧去做每年一次的身體檢查，卻收到芯慧傳來一張相片，那是一個身體檢查報告。

哦，原來芯慧有自己去做定期身體檢查，檢查報告顯示的是今天的日期，她是今天去醫院拿報告的。

碧深仔細一看，報告上寫着芯慧左右邊的胸部都有囊腫，那……那是什麼意思？

「不會吧？不會是腫瘤吧？那該是良性的囊腫或增生吧？」

碧深竭力安慰，但因為她也心亂如麻，所以壓根兒不知自己說了什麼。

然後，芯慧又傳來網上關於乳癌的資料，資料中還顯示兩邊都有囊腫的話，可能是病情已經擴散了！

芯慧此刻一定惶恐又憂慮，碧深也感同身受。她將自己之前受腸胃病困擾，要照超聲波、胃鏡，但幸而報告顯示沒問題的事告訴芯慧，再說了很多安慰、勉勵的話。然而，之後再沒有收到芯慧的回應。

芯慧遇上不快及問題，都會躲起來不去解決，這次她一定又是這樣了！碧深憂心如焚，她把自己之前寫給台灣《耕心》週刊的生命見證傳了給芯慧，又到她從前在香港返的教會望覺堂的網頁上，找到每星期的講道錄音連結，傳給芯慧。她相信信仰令自己在遇上逆境、困惑時得到支持及安慰，對芯慧一定有同樣的作用。

但是無論碧深傳上多少訊息，芯慧就是不回應，令她一籌莫展。

碧深心想應該馬上趕回香港陪伴芯慧嗎？但此刻香港疫情嚴重，她回去會被強制隔離十多二十天，而且隔離的地點環境很差……如要隔離，那麼芯慧這段日子怎過？碧深知道一定要想辦法盡快解決問題。

思前想後，她唯有再發求救短訊給一貓二貓三貓，之前兩次，他們不是幫她解決過難題嗎？

※　※　※

一貓二貓三貓的回覆跟前兩次一樣，同樣是三張相片。

第一張，是二貓細長的黑尾巴的特寫，尾巴旁邊是一個放滿藥丸的藥袋；第二張，是三貓伸長了的貓爪，旁邊有一張身體檢查報告，但看不清楚上面的文字；第三張，是一貓的上半邊臉，旁邊有一張醫院的覆診預約單，上面可以清楚看到病人的名字是羅永生。

啊，羅永生這名字很熟，是裕豐樓的看更伯，真該打，之前怎麼沒想到他呢？

※　※　※

看更伯是深水埗裕豐樓的日更看更，他該約莫七十歲了。由於他盡忠職守、工作一絲不苟，所以深受住客和街坊歡迎，跟那個一問三不知、只懂打瞌睡的夜更看更相差太遠了。

看更伯十分樂於助人，有一回，碧深家樓上天台一個大儲物櫃後面傳出惡臭，她和芯慧只好請看更伯幫忙。雖然看更伯年紀大了，但身體還很健壯，許多粗重工夫也做得來。他二話不說的幫忙移開儲物櫃，果然發現後面有腐爛了的貓屍，上面還有許多蛆蟲，噁心極了！

看更伯把貓屍和蛆蟲清理乾淨，碧深拿了一袋生果上前慰勞他，卻發現他在氣喘、流汗。過往看到他搬動洗衣機、雪櫃也不會喘氣，她走近一點看，他的臉確實消瘦了、陷了下去。

「最近到醫院覆診，醫生說我的癌症指數高了許多，為了預防復發，叫我回去做電療。人老了，身體狀況大不如前，只做了兩次電療就累成這樣。」

原來看更伯兩、三年前患了早期前列腺癌，在醫院做了幾次電療後已經康復。他是一個積極接受治療又聽醫生話的病人，定期準時覆診，這次醫生說他的癌症指數高了許多，回去做電療只是預防性質，不一定要做，但他也不畏辛苦選擇接受電療。

他笑說：「我還要湊孫，要看着他大學畢業、娶妻生子哩！所以一定要健健康康。」

那次他完成電療沒多久，便又回復龍精虎猛，他是一個生命鬥士、抗癌鬥士，他的經歷和鬥志，一定會對芯慧有幫助的！

碧深聯絡上天台叔，跟他說了芯慧的情況，請他代找看更伯幫忙，看更伯當下答應了。

但是芯慧不回覆碧深的訊息，又不肯踏出門口半步，令看更伯無從幫助，也令碧深無計可施。

跟看更伯說起，看更伯提議：「芯慧這麼愛貓，你給她看這段我在《蘋果日報》看到的報道吧！」

碧深看了，就把這段報道傳給芯慧：

琉璃，一種空氣與火交錯的工藝；對 Leigh 而言，卻是徘徊在執著與放下之間的藝術。Leigh 在三年前開始鑽研琉璃珠，但她追求的並不止是美感，而是為了將亡貓 Tarf 的毛髮，放進最極致的琉璃傑作內，紀念昔日在異地患病時相依的小夥伴。

Leigh 患有名為特納氏馬賽克症候羣的遺傳病，體內的基因異常而造成血糖、血脂過高等狀況，令她因而多次患上胰臟炎。在十四歲時，她被診斷有腦膜瘤，後來因細胞病變而切除子宮及一部分的舌頭。在英國留學修讀音樂時，她曾因為體內染色體過度繁殖，血脂過高而引發第一次胰臟炎，當時Leigh因為同時患有抑鬱症並有自殺念頭，更拒絕就醫近一個星期，「當時是痛到要死的感覺，是一種生命在流逝的感覺。」Leigh指，後來近乎整天躺在牀，如要行走，她必須將身體傾前才能令痛楚稍為減輕。當時的她，連喝一口水都覺得很痛。終於有一次，她喝完水後頭部撞到周遭的物件而暈倒在地。

在意識模糊間，Leigh感覺到Tarf不時在她身邊，有時Tarf更在舔她的臉。有一次Tarf將她舔醒，就勾起她對Tarf的牽掛，「當時我在想，如果我就這樣死了，那誰可以照顧牠三餐呢？我的屍體最多只夠牠吃兩個月。」想到Tarf未來的生活，Leigh才願意撐起身軀到醫院就醫。

雖然Leigh從小養過不少寵物，但堅決為了照顧愛貓而努力活下去，是源於Tarf與她在英國種下的牽絆，她當時獨自到英國留學，就在英國養了Tarf，她和Tarf一起生活、一起去歐洲旅行，只要Leigh在家，Tarf就會經常跳到她的肩膊上，或者不時跟着她走，「近乎行步路都很容易踢到牠。」在胰臟炎好轉後，她對Tarf就更加珍重，「我很愛錫牠，那次牠舔醒我之後，我把牠當成相依為命的夥伴。」

※　※　※

一天後，碧深終於收到芯慧的回覆，那是一貓二貓三貓的活潑生活照，碧深知道芯慧為了一貓二貓三貓會勇敢地面對疾病，勇敢地活下去！

在碧深安排之下，看更伯每日下午巡樓時，會在芯慧的十二樓D室單位門外停留十五分鐘，隔着門和她分享自己的抗癌經歷。

第一天，他跟芯慧說起自己怎樣發現身體不妥，被家人勸說去看醫生、接受身體檢查⋯⋯

第二天，他跟芯慧說到醫生對他說他患上了前列腺癌，他驚聞噩耗後的心情⋯⋯

第三天，他跟芯慧說到自己接受電療時，身體嚴重不適，幾乎想放棄，醫生介紹他加入一個癌症病人互助組織⋯⋯

第四天，他跟芯慧說到自己受到癌症病人互助組織病友的鼓勵，積極接受治療……

第五天，他跟芯慧說到自己在接受治療後康復，重獲新生的他成了癌症病人互助組織的義工，每月定期到醫院幫助其他正在接受治療的癌症病人……

第六天，他跟芯慧說到自己到醫院覆診，醫生說他的癌症指數高了許多，為了預防復發，叫他回去做電療，他在完成電療後又回復龍精虎猛。

第七天，他跟芯慧分享了這段《聖經》經文：「你們哪一個能用思慮使壽數多加一刻呢？這最小的事，你們尚且不能做，為什麼還憂慮其餘的事呢？」並深入分享了其中深意。

原來看更伯是虔誠的基督徒，他陪伴芯慧度過了這內心煎熬、憂患交逼的七天，還請病友介紹了一個專科醫生給芯慧，讓她去接受進一步檢查。

終於，報告出來了，芯慧胸部的囊腫只是良性的囊腫和增生，只是虛驚一場。

從拿報告的這天開始，她為看更伯的癌症病人互助組織建立了一個網站，定期放上病友戰勝病魔的經歷及積極面對病患的心路歷程，和網友分享經驗。

冷知識8：台灣的早餐店

台灣的早餐店通常是西式或中式。西式早餐店專賣漢堡、吐司、三明治、蛋餅、紅茶、奶茶和咖啡等；中式則賣燒餅、油條、小籠包、饅頭、豆漿和米漿等，也有些中式燒餅豆漿店，在晚上營業到隔日上午。

台灣第一家台西式早餐店，源自於一九八一年在台北八德路開啟的美而美。目前台西式連鎖早餐店共有六大品牌，包括瑞麟美而美、早安美芝城、巨林美而美、麥味登、弘爺漢堡、拉亞漢堡，佔全台灣總店數六成，深入台灣各個角落。

台灣小吃文化向來有兩項特色，一是分量小，飽食不撐，人們習慣快吃快走；二是價格實惠，因為總得讓每個人都吃得起，小吃才能活下來。

台西式早餐店選擇多元，應有盡有。現今常見的四大系列為吐司、漢堡、蛋餅和鐵板麵，走進一家巷弄小店，幾乎都有這四大標配可選，另外可再選配肉排、培根、火腿、蛋……等不同肉類搭配。

從早期三明治和漢堡，外加紅茶、咖啡等簡單的商品，四十年來與時俱進增添品項，包括流行一時的比薩類、芋泥餡料、手卷、咖哩飯等，也逐漸納入多種風格料理，你可以在一家店裏看到法式可頌（牛角包）、港式蘿蔔糕、美式薯條，也可以選擇和風沙拉、中式豆漿、泰式蝦餅，多元特性讓這類早餐店演變成一站式的服務形式。

第九章：奶茶和圖書館

碧深和芯慧兩個人的健康也沒有大問題，平安是福，這樣的喜樂與福氣，碧深常想着要和芯慧好好分享。至於該拿什麼和芯慧分享呢？碧深搜索枯腸，想到自己來台灣的「初心」。

她初次來高雄時，逛街逛得累了，就走到附近一個公園，在長凳上坐下休息。沒想到坐下不久就睡着了。

在公園裏睡着，在香港是從未有過的，她也絕對不敢這樣做。但在高雄的公園裏，她竟不知不覺睡着了，那是因為她在這裏得到前所未有的放鬆，不會像在香港一樣，整個人全天候繃緊，每天看到新聞就血壓飆升。

於是，她萌生起移居高雄的念頭。

台灣的夜市美食對香港人也是吸引，碧深喜歡吃烤串燒、蕃薯球、烤蛋糕，芋圓紅豆湯……

她家附近的鹽埕有一個夜市，但只是每個星期六開。美麗島地鐵站附近有一個六合夜市，每天都開，曾經盛極一時，在大陸遊客還可以來時，擠得水洩不通，人聲鼎沸，但是在大陸客不可以來之後，這夜市凋零了，遊人稀少。本地人覺得這夜市都是專賺遊客錢的，都不大喜歡來。

高雄市內最繁盛的該是在巨蛋地鐵站附近的瑞豐夜市吧？這裏有百多檔小攤，吃的、買的、玩的都有，一星期有幾天開的，擠滿了年青人。

然而，除了在剛來高雄那一兩個月，碧深還會興致勃勃地去夜市之外，漸漸她發現每個夜市售賣的食物都差不多，而且多是炸的、烤的，吃多了會喉嚨痛，感覺不健康，就不再怎麼視逛夜市為樂事了。

於是，不愛下廚的她來來去去也是吃自助餐、便當和牛肉麵，但總是覺得這裏的餐點令她感到吃不飽，還是覺得在香港的茶餐廳和快餐店吃的令人感到飽足、滿足。

許多初來台灣的朋友都愛環台旅遊，碧深也去過一次，由高雄出發，去屏東、台東、宜蘭、花蓮，再去台北、台中、嘉義、台南，然後回高雄，但因為她不喜歡參加旅行團，也沒有駕汽車、電單車，偏遠的地方去不到，而且一個人旅遊有點孤單，只是走馬看花的走走看看。

空閒時不去外遊，就留在家寫點東西，或者去圖書館看看書。高雄的圖書館倒是一個好去處，圖書館總館在苓雅區，從三多商圈地鐵站走一會就到。圖書館總館佔地偌大，有八層高，設計新穎、簡潔。第八層是花園，地下像一間大型書店，有各種的書籍推介。愛書人都愛來這裏，年青學子也愛來這裏溫習，所以要找座位不容易。

除了圖書館總館，還有中央公園地鐵站附近的圖書館，碧深也喜歡去，圖書館不算很大或特別，但圖書館旁邊是高雄文學館，會辦一些文化活動，地下的咖啡室常有業餘歌手在唱民歌。圖書館外面就是一個有小橋流水的中央公園，公園的水池裏有黑的、白的水鳥在遊泳，予人的感覺十分悠閑。

碧深喜歡來這裏寫作，在圖書館坐久了，就去公園走走，看看鴨子游泳，走得累了就去文學館聽歌……

除了這兩間圖書館，碧深最常去的，還有在鹽埕區的圖書館，這圖書館的特色是有很多漫畫，漫畫佔了圖書藏書的一半，常有小孩子坐在地上看書，或者一借就是十多二十本整套漫畫帶回家看。漫畫的藏書舊的居多，新的較少，碧深在這裏重溫了童年時看的日本漫畫，也沉醉於從前未看過的日本、韓國、台灣漫畫之中。圖書館下午五時關門，她在這裏度過了無數個下午，懷緬於少年時代的喜悦之中。

除了把時間耽擱於圖書館中，碧深最常到的地方是鹽埕區的古早味小吃店和早餐店、奶茶店。樺達奶茶和雙妃奶茶店是這裏最有名的。樺達奶茶在每年的九月店慶，還有買一送一優惠回饋顧客，那天走在鹽埕區，會不斷看到兩手拿着滿載奶茶的手提袋的人，他們遇到什麼人都會提醒：「今天樺達奶茶店慶買一送一啊，快點去買！」

台灣人都説南部的高雄是人情味最濃的地方，不相識的人也會互相問候、提醒、幫助。碧深因為常光顧，也認識了一些開小店的店家。因為早午餐店來來去去也是光顧那幾家，所以和早午餐店的店家較熟。

開始時他們一聽到碧深説國語的廣東話口音，就問她是不是香港來的，之後會跟她聊起香港的事，對香港的現況都表示同情。碧深最害怕聽到早午餐店一些上了年紀的阿姨一臉憐憫的對她說：「香港很亂啊！來到台灣就幸福多了，這麼容易就拿到台灣人的身分證，你真幸運！」

聽到這樣的話，碧深會低首不語，馬上逃開，因為這讓她想到一個中國古代的故事「嗟來之食」。

春秋時代，齊國有大飢荒，各地都沒有糧食，餓死的人很多。當時，齊國有一位有名的慈善家叫黔敖，他要賑濟災民，在路邊擺放食物，給過路的人吃。某天，一個顏容枯槁的人步履蹣跚地走近，他以衣袖遮掩着臉，腳上穿着破草鞋，拄着拐杖，走路搖搖晃晃，好像快要不行似的。

黔敖左手拿着食物，右手捧着水壺，對那人喊道：「喂！拿去吃吧！」心想那人聞言必定大為感恩，馬上來拿他的施捨。誰知那人聽了，放下遮臉的手，用輕蔑的眼光怒瞪着黔敖說：「我就是因為不能接受這種無禮的嗟來之食，才會淪落到這般田地。」說完，掉頭就走。

黔敖反省到自己的態度不好，急忙追上去，請他回來吃東西、喝水。但是，那人不肯接受，走後不久，便因為太飢餓而倒地不起了。

雖然那位阿姨並沒有不禮貌，但是看到她一臉憐憫，說話是嗟歎連連，也令人不大好受，讓人有點寄人籬下的感覺。

當然，碧深只會拿喜悅的事和芯慧分享，讓她心裏隱隱作痛的她不會說。

※　※　※

多少個夜晚，碧深在夢中回到飛往高雄的航機機艙那一刻，當她回望身後，身後的一切竟霎時化為烏有，那是噩夢……

或者，夢中回到從前的住處，卻已面目全非，舊居中滿是面目猙獰的人，地方已被鵲巢鳩佔，而且面目猙獰的人愈來愈多，猙獰的面孔愈來愈大！無論她怎麼驅趕、叫嚷，那些人硬是不走！那是噩夢……

夢中驚醒，渾身是汗，滿目是淚，碧深想起某齣電影中的一句話：「只有眼前路，沒有身後身！」

從前，在惡夢中驚叫，鄰房的芯慧會跑過來把她叫醒，在她身邊坐上一會，讓她可以再安心睡去，現在，在惡夢中驚叫，醒來只有自己和無盡的黑夜……

也不是沒有好夢的，夢中她會回到深水埗，還會回到她成長的旺角……

路過旺角煙廠街街市，這是她童年時母親常去買菜的街市。路過時特別留意有沒有童年時光顧過的攤檔和檔主。當然世事變遷，多少店鋪甚至樓宇也在社區的規劃中被改變了……

在街市蹓躂，瞥見一個熟悉的身影，小時候來光顧時，他還是壯年男子，現在已成了一個佝僂着背的老人。回想當年母親上街市買菜的時候帶着她，因為不想她被街市路上的積水弄髒鞋子，總先將她留在豆腐檔吃豆腐花，買完菜再來接回她。於是，這豆腐檔和賣豆腐的母子，成了她童年的一個印記，他們彷彿成了她的親人、關心的人中的一份子。

走到黑布街造訪童年住過的唐樓，引起了一些關於唐樓的感懷。

唐樓沒電梯，都又殘又舊、有許多僭建物。這些唐樓千姿百態，豈是一棟棟規規矩矩、了無生氣的豪宅及得上的？從前她住在唐樓，在走完一層一層樓梯之後，在走廊遇上鄰居閑談一會，遇上印巴籍的婦女抱着眼睛閃得像寶石的孩子，遇上新移民的一家大小……這些所謂低下階層的人，也能在這裏安居樂業，相逢在樓梯間相視一笑，打個招呼，令人樂於做唐樓階層裏的一份子。

童年時一家十口住在天台鋅鐵屋中，三、四月天如常下雨，屋頂也如常漏水，這種天氣是她的最愛，因為喜歡聽雨水打落在鋅鐵屋頂的叮叮聲，雨箭齊發，敲響了音樂盒，年少的她常在雨聲交響曲中酣睡。有一次十號風球高懸，狂風暴雨中，鋅鐵屋頂蓋被風吹走了，欲救無從，徒呼奈何！

那時候，加上三戶鄰居共二十多人，居於天台木屋不足八百呎的狹小空間裏，悲歡離合在波瀾壯闊的上映着，鋅鐵底下的幾家人的喜怒哀樂，每時每刻不斷上演、輪迴……

旺角之外，還有油麻地的廟街。碧深一直對廟街的粵曲茶座很好奇，很久之前有一次拿着相機單人匹馬衝進去，竟然受到歡迎。老闆娘告訴她：廟街粵曲茶座是低下階層的消費場所，來這裏光顧的多是籠民或住在附近公屋裏的阿伯，他們日長無聊，坐在籠子中悶熱難受，都喜歡來這裏坐，這裏有粵曲聽、有人招呼、有茶飲、有花生吃，坐一個下午才花數十元……

她走進油麻地玉器市場逛逛，令人驚喜的是發現了僅存的寫信檔、為人報税的檔口。

寫信檔位於玉器市場內一隅，一列排開有多個三尺乘四尺的檔口，除了寫家書，全盛時期這些檔口還為人寫求職信、報稅；申請電話、水錶、廉租屋；寫揮春等等……

對於這全香港碩果僅存的幾檔寫信檔，這些從前曾為我們目不識丁的父母、祖父母寫過家書，為連繫我們和遠方親人作出過貢獻的人，這種夕陽行業是該受到保護和禮讚的。

累了到美都茶餐廳坐下歇歇，又勾起了許多茶餐廳的故事。家的樓下附近必定有一兩間茶餐廳，它的名字裏面必須有「茶餐廳」三個字，而不能是快餐店、餐廳或者某些大集團的分店的名字，它必須是一間別無分店的小茶餐廳，而且應該是家族經營，夥計來來去去也是那幾個。推門進去，夥記一定認得你，他不會待薄你，要你坐在門口的散枱，他一定會招呼你說：「那邊有卡位！」若你衣衫單薄，他會說：「這邊的風扇大風，坐到那邊的卡位吧！」然後，夥計一定記得你每天早上必定吃什麼……

回憶之中的一家茶餐廳，位於深水埗與石硤尾之間，陳設及用具已經十分殘舊了，吸引她去的是其中濃濃的人情味。來光顧的多是阿伯阿婆，有時阿伯一時手緊沒錢開飯，老闆也樂於賒帳。因為阿婆要靠拾紙皮養活正在讀小學的小孫女，每次來光顧，老闆娘也會硬塞一個飯盒給她拿回家給孫女吃，而且不收錢，婆婆結帳時，老闆娘卻還恭敬的多謝連聲。這些茶餐廳賺錢不多，老闆經營的卻不止是生計，還有濃得化不開的人情味和中國人傳統的好客之情。

夢中有這些物事，那是好夢，然而，醒來發覺一切已不在身邊，或者，一切已經回不去了，就驀地一陣惘然，好夢便又成了噩夢。

碧深想起一句詩句：「夜來風雨聲，花落知多少？」

冷知識9：高雄圖書館總館特色導覽

總館建築把柱子弄走了，一般建築柱子直徑九十公分，在這裏，卻用直徑十公分的鋼棒取代，這些鋼棒肩負着將每層樓懸吊起來的任務，在館內找不到遮蔽視線的大柱子。這裏四面都是玻璃圍幕，視覺穿透性超高！坐在書桌前，看海、看樹、看高樓，閱讀的疲勞都沒有了！

地板上隔一段距離都有個小圓盤，摸上去冰冰的，原來冷氣都在地板下流動，這是從日本傳來的新技術呢。

三至五樓是中空式的樓層設計，走在中央旋轉樓梯上，可以透視圖書館樓層與樓層之間的空間景緻，還可由上往下俯視，可看見一幅螺旋式的美麗的構圖。從六樓到八樓有一個大天井，除了為總館室內引進大量的自然光外，六樓的天井中庭還種了八棵大竹柏，形成了「圖書館中有大樹」的有趣景觀，館方還貼心地在樹旁預備了椅子，可在樹下坐坐，度過一個享受陽光、清新空氣及閱讀的悠閒午後。

總館的西面及南面種植了許多土肉桂樹及陰香木，除了幫靠海的圖書館擋擋海風，隨着逐漸長高的樹蔭，也為室內帶來了許多涼爽與自然的氣息，讀書讀累了，可以到樹蔭走廊散步，讓腦筋舒緩一下。

冷知識10：好茶專賣店——樺達奶茶

台灣的飲料連鎖店，每走兩步就有一間，從綠茶、烏龍茶、清茶、菊花茶、咖啡加冰淇淋、奶茶等，任君挑選。位於高雄市鹽埕區的巷弄中，有一家已經營業二十七年的樺達奶茶茶行，專賣上等紅茶，店家特別在紅茶中加入頂級無糖普洱茶來調配甜度，喜歡紅茶甜一點的客人，可以來杯早茶（紅茶多一點＋普洱），不想喝太甜的客人，可以點杯清爽的午茶（普洱多一點＋紅茶）。

店內的招牌樺達奶茶則是加入鮮奶，味道香濃可口，此外，喜歡喝冷飲的客人在這裏絕對不會遇到因為冰塊融化，而喝到稀釋奶茶，因為老闆堅持不加任何冰塊，以確保讓客人喝到的每一口茶，都是保有百分之百的濃醇香味。

老闆娘還特別為不同甜度的奶茶命名為美容奶茶、益壽奶茶，不僅可以解渴，還可以開胃提神。基於健康飲食的考量，樺達奶茶慎選營養素較高的蔗糖來調配甜度，所有茶類，都有降低血糖的功用。

第十章：轉角遇到貓

雖然身在台灣，但碧深還是常看香港的新聞、電視節目，最常看的是香港電台的《鏗鏘集》、《鏗鏘說》、《城市論壇》和《香港故事》。

前一天，她看了《鏗鏘集》最新的一集〈轉角遇到貓〉，就拿來和同樣愛貓的芯慧分享。

這一集的內容簡介是這樣的：「香港街貓陪伴本地城郊發展，亦陪伴不少人度過人生的高低起跌。近年多了人關注動物權益，本地貓義工怎樣處理流浪貓絕育和領養的問題？當中遇到什麼挑戰？而背後有什麼動力讓他們堅持下去？」

碧深心想為什麼這麼多人愛貓？養貓、餵貓、愛貓到底有什麼好處呢？她想起了之前在網上貓雜誌中看到的一段內容是這樣說的：

養貓除了鏟屎鍛煉體力、服侍訓練態度、摸摸訓練手指靈活度之外，還有什麼好處呢？養貓、愛貓的人普遍比較會去體諒他人的想法與感情，所以讓小朋友從小接觸貓咪有助於塑造他們的性格品質。在選擇寵物時更傾向於貓咪的人，在性格上更開明、敏感，比較不容易墨守成規。

有87%的小朋友把貓咪當成好朋友，其中81%的小朋友表示他們比起家人和朋友，更願意向貓咪傾訴心事。幾乎是所有有貓咪陪伴成長的兒童都對哮喘免疫，免疫力更強。養貓的孩子比沒有養貓的孩子每年少缺課九天。

昆士蘭大學的研究指出，養貓的自閉症兒童比不接觸貓咪的，在說話、看人，微笑的機率都高出不少。而且比起狗，行為比較有節制的貓咪更適合自閉症兒童。遭遇挫折失落時，想起自己的貓貓可以幫助恢復心情，效果等同於想起好友，養貓更可以緩解抑鬱症。

研究報告指出，因為相處而接觸貓咪自然携帶的細菌，有提高抗感染能力的功效，讓患有淋巴癌的機率降低，而且養貓時間愈長機率愈低。貓咪呼嚕時發出的聲音可以令聽者血壓下降、減輕呼吸困難，甚至幫助恢復體內軟組織和骨傷。明尼蘇達大學的一項調查顯示，養貓能大大降低心臟病發的機率，因為牠們可以助人紓壓。

看完這一集〈轉角遇到貓〉，碧深更加認同養貓、餵貓、愛貓真的有莫大好處，不然，愛貓的人為什麼會有這麼多，而且前仆後繼、赴湯蹈火的為貓兒賣命？節目中看到的貓義工真的偉大，他們不辭勞苦都是希望貓兒過得好一點。這讓碧深更加想念一貓二貓三貓。

碧深掛念的一貓二貓三貓，雖然很多時間住在裕豐樓的天台，但是其他時間牠們又去了什麼地方做什麼事？除了在裕豐樓的天台出沒，牠們又會到附近別的大廈、唐樓的天台，牠們是怎樣從一棟大廈的天台跳到另一棟大廈的天台的？難道牠們懂得飛檐走壁的輕功？

除了天台，碧深也會在裕豐樓的樓下、後巷看到牠們，牠們是怎樣由十二樓上面的天台跑到樓下？又是怎樣由地下跑回十二樓上面的天台？在這麼曲折、奇險的路程中，遇到過危險嗎？

在街貓的一生，牠們被多少惡狗追過？被多少虐貓狂傷害過？捉過多少老鼠、蟑螂？

牠們有朋友、愛人、敵人……不，牠們有朋友、愛貓、敵貓嗎？

※　※　※

芯慧也知道碧深十分掛念一貓二貓三貓和餵貓家族的每一個朋友，都說有自閉症的人，多有頗高的藝術天分和創意，她忽發奇想，要為一貓二貓三貓拍一輯紀錄片。

她在不同的時段在裕豐樓的天台、後巷、對面的空地放置了攝錄裝置，又在不同的時間分別在一貓二貓三貓身上縛上小型攝錄機，追蹤牠們平時在什麼地方出沒，都在做些什麼。

攝錄裝置都是在附近的鴨寮街買的，很便宜，芯慧只打算拍攝兩三天，該不會有人發現，不會侵犯別人的私隱吧！至於一貓二貓三貓的私隱，需要徵求牠們的同意嗎？

拍了三天，芯慧取回攝錄裝置時，很心急想知道拍到了什麼，她還想剪輯好之後馬上給碧深看。

三天之後，碧深收到芯慧傳來的四段影片，其中有些片段令她感到好像在看《鏗鏘集》，雖然影片並沒有旁白。

第一段影片中的是一貓，一貓年紀較大，性情比較急躁，影片中拍到牠和其他貓打架，彼此互有勝負。

第二段影片中的是二貓，牠黑黑的身影在裕豐樓的後巷狂奔，原來有一隻黑狗在追牠！二貓的毛是全黑的，黑狗的毛也是全黑的，要不是看到二貓充滿恐懼的綠眼睛和黑狗兇神惡煞的藍眼睛，在漆黑的後巷中根本看不到牠們，只是隔着屏幕也感受到黑狗陰森森的殺氣，幸虧二貓身手敏捷，沿水管爬上了二樓躲避。碧深感到二貓在二樓回望恥笑黑狗，但也替牠揑一把汗。

一貓年紀漸長，二貓卻正值盛年，身手矯捷，三貓呢？

影片中所見，三貓仍是那麼瘦弱，牠在天台吃碟中的貓糧，有一隻不明來歷的貓來搶吃，牠只在一邊無奈地看着，待那隻貓吃飽走開，才回去吃剩下的。可是，一個動作粗野的天台住客走過，踢走了盛貓糧的碟子，三貓又只好無助地躲在一旁。

貓會歎氣嗎？如果會，三貓一定在歎氣！碧深多想回去保護牠，為牠趕走搶食的貓，罵走那粗野的人！

誰以為街貓的生活自由自在、無牽無掛？但其實充滿驚濤駭浪、龍爭虎鬥、艱苦奮鬥、無助無奈……

碧深看得連連歎喟，幾乎想和一貓二貓三貓同聲一哭。

第四段影片是在裕豐樓前的空地拍的，影片開始，碧深看到一個鐵籠，啊！那是專用來捉貓的鐵籠，是陷阱！籠內有貓糧吸引貓進去，貓一進去，機關就會關上。

糟了！有一隻黑貓跑了進去，然後很快有人看，有人拿起鐵籠，然後周圍爆發笑聲。

「太好了！」

「幾經辛苦，終於捉到牠了！」

那些人邊笑邊說，說完又笑，笑完又說⋯⋯

什麼人這麼沒人性？捉貓來做什麼？幸虧那不是二貓，但不是二貓也不該被困在籠裏呀！多麼沒人道，碧深登時火冒三丈，怒不可遏。

「埋伏了三晚，覺也沒睡好，上班也沒精神，但終於捉到牠了！明天就帶牠去做閹割手術，為貓羣的將來謀幸福。」

這時，鏡頭中看到原來這人是餵貓羣組的達姐，她捉貓是為了帶牠去做閹割手術，避免貓因為繁殖得太多太快而受人嫌棄、虐待，他們為此還要自掏腰包或者在網上籌款，出心出錢出力。

「捉貓兒去做閹割手術是辛苦的，貓兒很聰明、很有靈性，牠們彷彿知道捉牠們是為了什麼，一看到貓籠就躲得遠遠的，很難捉！」餵貓羣組組長 Raymond 說。

「最慘的是還時常兜口兜面的給街坊罵，他們說這裏近街市、食肆，多些貓就可以捉更多老鼠，罵我們不該帶貓去做閹割手術！」達姐說。

「說這些話的人不讓貓做閹割手術，又不會餵貓、養貓，他們說不餵貓，牠們餓了就會去捉老鼠吃，真不知道他們是想什麼的！」坐在一旁的小鳳說。

「只有我們這些愛貓的人才會傾家蕩產去餵貓，帶貓去做閹割手術、帶貓去看醫生，但是卻連餵貓也給街坊罵、給街坊趕，要鬼鬼祟祟的去餵貓！」Raymond 感歎。

「對了，娥姐，你的『流浪貓之家』真的要關閉了嗎？好可惜啊！」小鳳問娥姐。娥姐是餵貓羣組年紀最大的一位，今年該近七十歲了，家裏收留了二十多隻貓。

「沒辦法了，我的退休金大部分也拿了去養貓，但是我現在年老多病，真的沒辦法了。其實早幾年已經想結束貓之家，但看到一些貓兒老了沒人照顧很慘，才等到現在牠們都走了才結束。我自己也老了，明白到沒人照顧、沒尊嚴的生活會有多慘，所以一定要等到那些老貓走了才結束。」娥姐說。

「我自己也有子女，想到貓兒沒人照顧就像孩子沒有人照顧般可憐，我把牠們當作是自己的子女來看待。」達姐說。

「其實貓也是深水埗這個社區的一分子，我們該善待牠們的，我們該平等對待其他動物吧！」Raymond 說。

「盡自己的能力吧！我們一天還有能力，一天也要好好對待牠們、幫助牠們，我們也互相照應、互相支持吧！」小鳳說。

「最近愈來愈多香港人移民，移民的主人都說將貓運送到彼邦又麻煩又複雜又貴，因此也愈來愈多貓被遺棄，娥姐看着不忍心，於是收留一隻又一隻，看來『流浪貓之家』是沒可能結束的哩。」達姐說。

娥姐聽了這話，長長的歎了口氣，達姐、小鳳及Raymond異口同聲道：「放心吧，娥姐，我們一定會盡力幫忙的！」

娥姐說：「對啊，為了令貓兒過得好一點，我們使盡最後一分力，拼盡最後一口氣也在所不惜，萬死不辭！」

看到這裏，碧深的雙眼濕潤了。人間有情，我們最該和其他人甚至其他物種分享的，不就是愛嗎？

第十一章：還可以做什麼？

碧深從前在香港的深水埗裕豐樓開的一間工作室，運作了六、七年，主要是開班教中小學生寫作。就算現在離開香港，到了台灣，她仍舊記得大部分從前教過的學生。這些教學經歷之中，讓她最難忘的是幾次 DSE 放榜的時段。

自從中學會考改成 DSE 考試以來，每年放榜早上也有學生打電話來給她報喜，告訴她中文作文考到 5** 的成績，並感謝她的教導。

四年前一個放榜日的早上，一個學生 WhatsApp 說：「謝謝老師，中文作文我考到 5**，將中文科的整體成績拉上到 5 級。」

她看到當然很高興，沒想到中文作文的成績那麼重要，在這張卷取得好成績，甚至可以將中文科本來不是太好的整體成績拉上到 5 級，這對學生來說是很重要的。

那個學生接着說：「感謝兩年來的教導。」看到這裏，她才記起，由中四上學期開始，一直到考 DSE 前的一星期才停止，他真的整整跟她學了兩年寫作。

一個來自頂級名校的學生，來到她的小教室，孜孜不倦、從不間斷的上課，態度謙虛、專注，勤奮與鍥而不捨，終於有回報，碧深其實也要感謝他和他的家長，讓她教到一個這麼好的學生。

並非每一個中文作文拿到5**的學生也來自名校，三年前的一個學生，因為姐姐會考考得不好，考不到大學要出來工作，她不想重蹈姐姐的覆轍，痛定思痛地說：「老師，我一定要入大學的，請你幫我，讓我的中文科可拿到5*！」由於她的發憤，令自己由中四初來上課時半篇文章的字也不能辨識，錯別字改不勝改，到考DSE之前，令人士別三日，刮目相看。放榜之日，她來電顫着聲的告訴碧深取得了5**，後來還請碧深幫她寫了一封推薦信，最後終於圓了大學夢。

還有一個學生由小五已經跟碧深學寫作，每個星期六老遠的由大埔跑出來深水埗。她的媽媽還介紹了她的表姊、表妹及表弟來，家族中大部分小孩都是碧深的學生。其中有幾個孩子自信心不足，總是認為自己成績不好、沒用，碧深總是鼓勵他們放開心懷，發揮創意，也請他們的家長多鼓勵孩子。終於，這些孩子都有不錯的成績，而這家族中第一個參加寫作班的，也是第一年DSE開考、第一個向碧深報喜取得5**的學生。

※　※　※

來到台灣的初期，碧深沒有工作，因為她的國語說得差，且不認識台灣的教育情況，自然也不會有人跟她學寫作，開班也必定沒人會來。

由於生活百無聊賴，又恐怕沒工作坐吃山崩，便在臉書放上開設網上寫作班的訊息，沒想到一些舊學生的家長看到後，來為子女報名，在放上網上寫作班訊息的一星期內，已經有三個舊學生報了名，而這三個，都是給碧深留下深刻印象的學生。

第一個報名的學生是以仁，以仁是一個精靈可愛的小朋友，他有一雙小小的眼睛和一張總是笑着或說着話的嘴巴。對碧深來說，他是一個能時常指出她的錯誤的學生。

有時他的家長遲了一點來接他，他成了最後離開的一個小朋友。這時候，碧深會一邊執拾教室，一邊跟他聊天，由是，他對於她的教室擺設及教學程序也瞭如指掌，有時她把東西放錯了地方或教漏了些什麼，他都能夠馬上指出來。

碧深也十分關心他的需要，看到洗手間的門柄，對他來說有點高，她因應他的身高和手的位置加裝了一個小門柄；因為他好奇喜歡查看教室隱閉處的物品，她又會因應他伸手及不到的高度重新放置。

以仁精靈可愛，以仁的媽媽也是十分幽默的家長。在他初來報名時，碧深問孩子讀哪個年級，以仁媽媽答：「他升三年級，作文的程度是語無倫次級！」

農曆新年前，碧深祝以仁學業進步，以仁媽媽說：「他是要猛進的！」

碧深回答：「循序漸進就好了。」和家長傾談也是一種樂趣，有懂得幽默的家長才會有常常笑容滿臉的快樂孩子。

有一次下課時，碧深只顧着請學生走慢點，小心勿跌倒，卻沒為意自己擋了在教室門口讓學生出不了門，以仁提醒她說：「老師你龐大的身軀擋住了門口哩！」這時剛巧他的媽媽來接他，碧深說：「這孩子很厲害，時常能找出我的錯誤！」以仁媽媽答：「他卻不能找出和改正自己的錯誤哩！」

第二個報名的學生是礐君，礐君是一個很懂事的學生，從讀小二開始就跟碧深學寫作，他的懂事與體貼別人，曾幾次令她哽咽不能言語。

在他讀小三時，有一次在作文中談到自己在學習上遇到的困難，碧深問他有沒有告訴爸媽，他答：「爸媽工作很忙，又要照顧我和妹妹，生活上已經有很大負擔了，我不想令他們憂慮。」碧深聽了哽咽。

之後，有一次上課時他打了許多噴嚏，用了很多紙巾，下課時，他堅持要自己清理，不想傳染別人，連作文簿也堅持下一堂才給碧深改，不想傳染她。

又有一次，碧深有點感冒，上課時戴了口罩。下課時，其他學生都走了，他卻特意走慢一點留下來，為了對她說一句：「老師早日康復！」

教了他這幾年，也見證過他面對的困難，譬如學校新來的老師對他的作文批評得體無完膚，令他對中文科的信心全失。碧深知道了很憤怒，她絕對相信自己的學生的語文水平，也相信自己在評核作文方面，一定比這位老師公允。由是盡力勉勵他，希望他回復信心。往後，他獲心儀的的中學取錄，當他告訴碧深這好消息，終於讓她心上的一塊石頭落了地。

前一年，他家裏發生了點事故，他的家長告訴碧深，他短期內或許不能來上課，碧深在擔心之餘卻幫不上忙，只能為他們祈禱。可是，他還是來了上課。

下課時，碧深跟他說：「憂慮時就向天父禱告。」

他回答：「有呀，每天我也有向天父禱告。」

碧深希望自己能一直為守護這些孩子做點什麼，至少，默默為他們向天父禱告。

第三個報名的學生是樂林，令碧深印象難忘的，除了樂林這活潑好動的學生，還有他的父母。話說有一天碧深在臉書上分享學生的文章，一時好奇，看了他的家長在分享他們一家的訊息。

在樂林父親分享的訊息中，提到他在三個孩子和太太的每個生日及結婚周年紀念日，都會給對方寫一封長信作為禮物，內容包括在過去一年中與他們相處的生活瑣事、處理孩子中間一些糾紛的背後想法、互相之間的善意、善待及快樂時光、共度困難的回憶，還有給予對方的感謝與鼓勵。這些信中沒有華麗的言辭，卻是感人至深。

這些書信，令碧深領悟到文字原來可以是最珍貴的禮物，在我們關愛的人生日或特別節日時，給他們寫一封信，分享生活感受、回憶相處點滴，向對方表達真誠的欣賞與感謝……這將會是給伴侶、孩子、親人、朋友最珍貴的禮物。樂林的父親說那同時是給自己的一份珍貴禮物——為自己記下美好回憶，以供將來回味，由此，碧深明白到以文字作禮物送給身邊的人，不需要參加寫作班或考究修辭，只要其中有真摯的感情和真誠的愛，就是最美麗的文字！

※　※　※

有了學生就有收入，這令碧深安下心來，不再擔心錢不夠用的問題。這天，在碧深身上發生了喜事，她得到了一萬元台幣的獎金！

此話怎講呢？她既沒有買彩票，也沒有參加抽獎，原來……

在台灣高雄定居後，黃小姐告訴碧深一件很有趣的事。

她說：「買東西一定要將發票保存下來。」

碧深問：「有什麼用？又不可以退稅。」

她答：「怎會沒用？可以用來兌獎！」

兌獎？原來台灣政府為了打擊商戶逃稅，鼓勵民眾消費一定要拿發票，會定期舉辦抽獎活動，類似香港的六合彩攪珠抽獎！

獎項分為頭獎、大獎、特獎之類，發票的九個號碼完全一樣就會中獎，最多可得過千萬元台幣！當然還有安慰獎，就是發票號碼尾三個數字和大獎相同的，也可得到二百元。

每兩個月會攪珠一次，民眾就可以拿着發票兑獎，用手機掃描兑獎也可。網購或做了超商會員的，可將發票存在雲端，自動兑獎，中了就會通知。

每一期也有人中了獎沒領獎的，不用擔心，各大媒體會發佈中了大獎的人是在哪裏消費，連買了什麼也會列出來，讓民眾不會走漏眼。所以，就算不買彩票也會無端端發達，一千萬台幣也不是小數目吧！當有一天突然有人告訴你中了一千萬大獎時，他不一定是騙徒哩！

當然台灣有二千多萬人口，中獎的機會很細，但每兩個月兑獎一次，一家人圍個大圈，齊齊拿着發票兑獎，也是頗有趣的活動。

這一趟，碧深得到意外驚喜，得到一萬元台幣，她到便利店領錢之後，就到六合夜市附近的車輪餅店，買了自己最愛的卡士達奶油、綠茶紅豆、Oreo朱古力和蕃薯餡料的車輪餅共一百個，分別送給黃小姐和她的同事、國語班、台語班的同學、鹽埕教會星期六崇拜的教友，還有鄰居母女和天台女子，和他們分享喜樂。

她也很想和遠在香港的芯慧分享喜樂，但苦無良策，只好買一些台灣馳名的太陽餅、芋頭酥等寄回香港，給芯慧和其他在香港的朋友分享。但是，口腹上的分享又怎及得上精神上、心靈上的分享？

常有人說：「授人以魚，不如授人以漁」，就是與其送魚給人吃，不如教他捕魚，那他就可以自力更生了。芯慧在香港不會買六合彩，更不會像碧深一般，中了台灣的發票大獎，該怎樣幫她呢？

冷知識11：「車輪餅」、「紅豆餅」

車輪餅是台灣著名的的小點心，口味也從最基本的紅豆、奶油、蘿蔔絲，發展出芋頭、抹茶、馬鈴薯、泡菜豬肉等愈來愈多元的口味，上班族的下午茶時段或是逛街時來一顆，身心靈都獲得滿足。這樣的小點心，名稱除了叫「車輪餅」、也叫「紅豆餅」、「奶油餅」，這其實就是日文發音的「太鼓饅頭」，也有人稱做是「今川燒」，是來自於江戶時期流行的和菓子。

目前市面上最基本的紅豆口味，一顆平均十至二十元台幣，有店家推出特殊的榴槤芝士口味則是一顆七十至八十元台幣。高雄著名的微笑紅豆餅在苓雅區武廟旁的騎樓下，是頗有人氣的中式甜點下午茶攤車，提供新鮮現做熱騰騰的紅豆餅、奶油餅，還有芋頭、花生、Oreo、菜脯、巧克力奶油、麻吉紅豆、麻吉奶油、起司玉米、焦糖麻吉等口味，而且分量十足。肚子微餓的時候享用幾顆，再配一杯茶飲更佳！

第十二章：貓之訓練師

除了以仁、譽君和樂君之外，通過他們的家長的介紹，多了學生報名參加碧深的網上寫作班。因為肺炎疫情的影響，學校的實體上課改為網上用 Zoom 上課，學生已經習慣了這種遙距上課模式，一些從前碧深在香港時上門教的學生家長，又找回她用 Zoom、Skype 授課，更有以前合作過的學校，看了她的 Facebook 專頁慕名而來的青少年團體找她合作，開辦網上寫作工作坊。於是，碧深在到了台灣一年多後，差不多回復到從前在香港的工作量，雖然距離很遠，但教的仍是香港學生，只是免去了舟車勞頓，減省了花在交通上的時間。

但是，她其實喜歡舟車勞頓，從前在香港要到不同地區教學生，她就藉此認識不同社區，更會在上課前提早到那邊逛逛、吃吃下午茶。有一次到遠至大澳的中學教寫作班，她還特地在那裏住上幾天，認識和感受一下那裏的漁港生活。

身處台灣在網上授課，她不能再隨着上課路線到處去跑去探討，於是，她展開了心靈探討的路線。她發現她在香港的學生，因為長時間悶在家中網上上課，沒有親身和老師和同學接觸、交流，所以反應慢了，思考慢了，自信也減低了。如果那是一對一網上用

Skype 授課的學生，她會在上課前後花一些時間和他們交流，了解一下他們在學業上和生活上遇到的問題，然後有時會勉勵他們，有時會在講解文言文之餘，用歷史人物的故事激勵他們。

她又發現因着香港的疫情持續、政局動盪，學生家長的心情也不好，有時，她會在談上課時數、費用之餘，也會和他們閒聊幾句，有學生家長會談到自己在工作上遇到的困境，有學生家長告訴她家人患上了重病，她會聽他們傾訴，為他們和家人祈禱。

碧深常問自己，還可以為他們做些什麼？來了台灣這一年多，每天在網上看香港的新聞，也令她感到像大石壓在胸口……

在高雄生活，居住方面支出不多，吃的方面，碧深午、晚餐常吃的都是自助餐或便當，每餐只花八十到一百元台幣，支出更少。

她常想：「我來了台灣，有工作、有收入、有時間、有自由……我還可以做什麼？」

走在高雄平靜的街道上、人擠人的夜市之中，她也常反覆問自己：「我可以做什麼？」

香港的疫情嚴重，封區、禁市令輾轉施行，百業凋零、失業人士眾多，加上社福機構不能正常運作，低下階層的生活苦不堪言。近來她看了香港電台的《鏗鏘集》〈疫下惜食〉，探討受疫情影響，不少人面對失業或開工不足，尤其對沒有領取綜援或其他定期食物援助的人士，要確保兩餐溫飽也不容易，社區需要食物援助的需求大增，現時香港在這方面的援助是否足夠？有社企希望利用剩食作支援，但又面對什麼困難呢？

看完節目，她到其中一個社企民社服務中心網頁看看，了解為有需要人士提供食物援助的「糧友行動」，在捐款之後，她又問自己：「我還可以做什麼？」

她又想到芯慧，碧深之前和她合作開辦教學工作室，芯慧負責網站設計、管理、製作教材、處理學生報名及交學費事宜，她還接了一些書籍、網站設計的工作在家裏做。但現在教學工作室沒有了，因受疫情影響，書籍、網站設計的工作也沒有了，她要靠什麼維生呢？

雖然碧深經常聯絡香港的傳媒及出版界朋友，請他們為芯慧介紹工作，但也不得要領。沒有工作、沒有收入、沒有朋友……芯慧要怎麼辦？這個問題，也可請一貓二貓三貓幫忙解決嗎？

※　※　※

一貓二貓三貓回覆了，傳來幾張相片：

第一張是二貓——黑毛藍眼貓躺在地上，有兩隻人手在為牠按摩，牠很享受的樣子。那雙手該是芯慧的吧！

第二、三張是三貓像人一般站立和轉圈，好像正在接受芯慧的訓練。

第四張是一貓躺在地上動也不動，像全無反應，而有一雙手像在為牠做心外壓。一貓怎麼了？為什麼芯慧要為牠急救？

正當碧深擔心之際，又傳來三張相片，怎麼貓兒在做瑜伽？一貓做的是貓式，二貓做的是拜日式，三貓做的是蛇式。

芯慧竟懂得教貓做瑜伽！

對了，碧深一直知道芯慧會和貓溝通，會和貓說話，會知道貓在想什麼，原來她還懂得為貓按摩，學過為貓急救，現在還會訓練小貓，教牠們做瑜伽。

香港的貓奴這麼愛貓，如果教他們為貓按摩、為貓急救、訓練小貓、教貓做瑜伽，應該可以是一門生意，或者可以在網上辦課程，收入足以餬口也或未可說。

碧深不單向芯慧推介自己的想法，還在餵貓家族中介紹這些服務，請他們幫忙推廣。

最初是餵貓家族的成員參加，後來他們也介紹朋友參加，往後，芯慧竟然有二、三十個網課的學生，更有學員送貓到裕豐樓給芯慧訓練。

芯慧不大愛接觸人，卻喜歡接觸貓，和貓相處完全沒問題。之後，餵貓羣組的天台叔和癌症康復者的羣組的看更叔想出好點子，請芯慧訓練貓貓做貓醫生去探望病人、陪伴病人。就這樣，一些街貓也可以被訓練成貓醫生，服務病人。碧深也認為這點子很好，便鼓勵芯慧去做，但是芯慧沒回應。

※　※　※

之後，碧深在朋友的 Instagram 上，看到他用自己養的麻糬狗，作為第一身寫的《麻糬日記》中的其中一段：

美國德州的 JULIE ee，有一日 WhatsApp 事頭婆説我將來可以做 doctor dog……你們知什麼是 doctor dog？中文名叫狗醫生，即是心靈醫生，專去幼稚園／小學或醫院／老人院去撫慰那些寂寞、孤單、幼嫩的心靈，那些人會用力摸你、捽你，拍打你個頭，拔你的毛，拉扯你的尾巴，我聽見都想死……其實我的弱小心靈也很需要其他的狗來撫慰……

碧深看到這一段內疚起來，對啊，狗主人帶小狗去做狗醫生，他們有想到狗兒的感受和意願嗎？狗兒是否真的想做所謂狗醫生？

她又由此想到貓，貓沒有狗那麼喜歡親近人，一貓二貓三貓會想做所謂的貓醫生嗎？貓醫生、狗醫生只是人加在貓、狗身上的想法，帶貓、狗去做義工只是主人的意願，主人有想過牠們的意願嗎？麻糬狗會害怕陌生人用力摸牠、捽牠，拍打牠的頭，拔牠的毛，拉扯牠的尾巴……一貓二貓三貓當然也害怕陌生人用力摸牠、捽牠，拍打牠的頭，拔牠的毛，拉扯牠的尾巴……

碧深想到一貓二貓三貓的性格：

一貓是一隻三色貓，今年大約七歲，性格高傲。當碧深和芯慧第一次在天台發現一貓時，牠渾身污水和油漬，發出強烈臭味，於是碧深和芯慧帶牠到寵物店洗澡。與一貓熟絡之後，發覺牠愛整天喵喵叫，也愛被人按摩，尤其喜歡被人拍屁股，總會以「喵」來回應你。當你與牠四目交投，牠會用頭輕撞你的額頭，表示友好。

二貓是一隻有藍眼睛的黑貓，今年大約五歲，每當見人舉起相機給牠拍照，牠就會自動擺好姿勢給人拍照，牠大概覺得自己很帥、很矚目，很想別人注視牠吧！牠不大喜歡給人撫摸和按摩，總愛離開人羣，在遠處躺着曬太陽。

三貓是一隻身形瘦小的小黃貓，今年大約兩歲，是一隻性格溫馴又可愛的貓，牠喜歡與人親近，每當有人上天台時，牠就會跳上他們的大腿上討摸，又會在他們的腳邊繞來繞去撒嬌。

雖然牠們和碧深、芯慧、餵貓家族接觸多了，本來是街貓的一貓二貓三貓變得較容易和人接近，而牠們在和芯慧玩耍時，會學習芯慧的瑜伽動作，但這是牠們的隨心玩樂，並不是芯慧刻意要訓練牠們。而牠們之所以和芯慧這麼親近，這麼信任芯慧，是因為芯慧對待牠們也是隨心而為，從不會逼牠們做什麼，不會不尊重牠們的意願。

如果硬要訓練牠們做貓醫生，逼牠們被陌生人抱、陌生人摸，這會不會有點「逼良為娼」？想到這裏，碧深有點不寒而慄，汗如雨下。

她又想到自己之前和一貓二貓三貓相處了這麼久，只是對牠們好奇，卻沒有好好了解過牠們。

雖然芯慧和貓相處得比人好，但相信她也沒去了解過牠們，因為她認為街貓有自己的生活、自己的空間，正如她有自己的生活、自己的空間一樣。

街貓在生活中遇上的危險，雖然比家貓較多，但得到的自由也比家貓多很多；家貓的人生完全受主人掌控，快樂不快樂也全和主人有關，一貓二貓三貓既然是街貓，芯慧認為自己和碧深就不該對牠們有所羈絆、束縛了。

※　※　※

碧深由麻糬狗想到一貓二貓三貓，又由一貓二貓三貓想到芯慧。

到底自己真的了解芯慧嗎？與芯慧這摯友一起生活這麼多年，一直以為是自己在照顧及幫助芯慧，其實可能是芯慧在照顧及幫助自己。自從社會運動發生以來，自己一直說服芯慧留在香港有多危險、離開香港去台灣有多迫切，她其實有想過芯慧為什麼要留在香港、她心裏是怎樣想嗎？

碧深反省自己一直覺得離開的想法很有智慧，但其實自己一直知道芯慧對舊事、舊物、舊環境、舊路徑都有強烈的執著及依戀，離開了香港往台灣的新環境，她會難以適應。但是，她只一直不斷對芯慧說一定要離開，離開有什麼好處；留下來會受到迫害，甚至難以呼吸……

其實，她也曾見證過無數次芯慧吃不到慣吃的早、午餐時，會忐忑不安；面對陌生人時，如坐針氈；在陌生環境中手足無措；走錯在陌生的路徑上，甚至會呼吸困難……

然而，她一直只想到自己……

她一直叫芯慧和她一起去台灣，卻沒想過要和芯慧一起留在香港……

冷知識12：自助餐與吃到飽

在台灣，由於「自助餐」普遍是指僅能自選幾道菜的點餐方式，因此「buffet」通常是稱作「吃到飽」以作區分。台灣的吃到飽除了指顧客自由取用、無限量供應的buffet以外，也用作稱各式無限享用的飲食。除了buffet外，還有火鍋、涮涮鍋、燒烤或火烤兩吃（火鍋、燒烤二合一）等等多種形式的「吃到飽」。

吃到飽更朝向多元化發展，許多料理都有提供吃到飽的服務。像是日本料理、韓式料理、西式料理、墨西哥料理、蒙古烤肉等等。「吃到飽」一詞也常用於其他無限量供應事物的方式，如電信業者常見的「上網吃到飽」的方案。

由於吃到飽是不按食量計取費用的，所以有些人就發明了吃到飽的一些特殊技巧，達到花最少的錢，吃最多的食物的目的。但這樣的做法，會使進餐者過多追求進食數量，超量進食會引起人體消化系統的不適，血糖升高，經常這樣對健康極為不利。

台灣口語通稱的「自助餐」，是指提供計量型餐點的餐廳，菜色大致以家常菜為主，讓顧客自助式的夾取菜餚，或是由顧客指定，由店員夾取。結帳時須到櫃台計價（採秤重或認菜色），先夾菜後付款，可自選要內用或外帶。此種「台式自助餐」通常比吃到飽更平價，其性質類似西方國家的食堂或港式速食，除了常見於便當店之外，也應用於部分素食餐館。

冷知識13：便當店與台鐵便當

便當店在台灣街頭隨處可見，而台式便當內通常都包含一樣主菜和三樣配菜，營養均衡，深受許多民眾的喜愛。不說不知，這些便當的出現，原來和乘搭火車有莫大關係。

乘搭火車時，會長時間逗留在列車上，乘客會依乘車時間，有時會就需要用餐，因此出現了在車站或車廂販售便當的形態。鐵路便當是日治時期搭乘鐵路時，除了選擇到餐車之外的另一種用餐選擇，不過當時在一般車廂並不提供茶與便當，旅客必須在列車靠站時購買。戰後，台灣鐵路管理局松山、台北、台中、高雄、花蓮等五區，鐵路餐廳人員將鐵路便當交給車上服務員在車廂販售。

台鐵便當是指台灣鐵路管理局於車站或列車內販售之鐵路便當，今由該局餐旅服務總所負責統製。根據統計，台鐵便當於二〇一六年販售新台幣七億元業績，總數可達一千零四十八萬個。而除了台鐵自身的鐵路便當之外，台灣鐵路車站旁的鐵路便當尚有奮起湖便當、福隆便當、池上飯包等。

台鐵便當以排骨便當為著名，雖然南北配菜不同，但大約都是一片排骨肉、一個滷蛋、一片豆乾或豆皮，以及幾片蘿蔔乾等配菜。台鐵便當由列車服務人員在列車上巡迴各車廂，以國語或台語叫賣。以不鏽鋼便當盒包裝販售的時期，須在乘客食用完畢後，回收清洗。隨着時代的進步，飯盒改用木片、紙盒包裝販售。為配合懷舊風潮，台鐵重新推出不鏽鋼圓形便當盒，以供收藏。

尾聲

芯慧放好了三腳架和手機，就坐上白木吧凳上，開始拍下自己的獨白，她說話時，雙眼沒有望向手機的鏡頭，而是垂着頭，看着自己不安地互搓的雙手。

「因為……因為我明天要上機了，所以我拍下這段說話。

「以前乘坐飛機都是和家人或者碧深一起的，我自己乘飛機還是第一次，怕遇上什麼事，怕有什麼不測，所以拍一段獨白留下證據。

「碧深曾說去台灣一定要乘搭中華航空，不要乘搭國泰，因為國泰在網上 check in 之後，還有機會被要求去機場的櫃檯登記資料，不知要來有什麼用……

「她還說去台灣有機會被跟蹤，還有……

「還有我一定不會自殺……所以我拍下這段片……

「但是，其實不會吧，我又不是什麼民運人士、抗爭者……

「也許……也許感染了碧深的妄想症……但妄想症該不會傳染的吧？

「就是因為碧深的妄想症愈來愈嚴重，所以我才急需去台灣。

「看網上的資料說，妄想是一個常見的精神症狀，可以有許多種類，如：被害妄想，這一個症狀她經常有，在離開香港之前，她常說文革要來，她會被批鬥、被拘捕、被審訊、被判監……

「她還有身體妄想的症狀，妄想患有身體疾病或缺陷，不停去醫院做身體檢查……

「她更有誇大妄想，例如：覺得自己能力強、沒有做不到的事等。她時常幻想自己在幫助人、幫助我，甚至在離開香港之後，還以為自己可以在台灣『隔空』幫我解決生活上的大小困難。我之前不知道這是妄想症的症狀，以為她只是太需要被需要，所以勉強自己接受她的幫助。

「我記得資料中說精神科醫生對病人的家屬、朋友有這樣的建議：第一，採取誠懇、尊重、信任之態度與病人接觸，藉由建立良好人際關係為基礎，重建其對他人及外界之信任感。第二，使病人感受到被接受及被尊重，傾聽其妄想，不與其爭辯，避免不必要之身體接觸。第三，避免在病人看得到卻聽不到之距離對病人指點、談話，以免引起病人誤會。第四，言談詞句儘量簡明扼要、清晰，避免猜疑，勿任意給予承諾，避免破壞信任感之建立。第五，指導病人可藉由紙筆寫下其內心的感受宣洩，以鼓勵自我表達及與人溝通。

「我已經盡力配合這些建議，但是，最近情況愈來愈嚴重了，她竟然用電話傳訊息給一貓二貓三貓，以為這樣可以和牠們聯絡，牠們會回覆她！從來是科技白癡的她，不知道自己的手機密碼會這麼容易被猜到，更不會想到，我會看到她發給一貓二貓三貓的訊息！

「情況愈來愈嚴重了，我一定要去台灣找她！

「她常說我有自閉症，對舊事、舊物、舊環境、舊路徑都有過度的執著及依戀；說我吃不到慣吃的早、午餐時，會忐忑不安；面對陌生人時，如坐針氈；在陌生環境中手足無措；走錯在陌生的路徑上，甚至會呼吸困難……

「我也知道自己有這些毛病，這也是我不跟她到台灣的原因。

「但是，在碧深離開之後，我明白到比起習慣了的舊事、舊物、舊環境、舊路徑，我更習慣的是有她在身邊。沒有她在的地方，一切都是陌生的；有她在身邊，陌生的一切都更容易接受了。

「這道理為什麼我以前不明白？我現在明白了，我要去找她。」

芯慧從白木吧凳上跳下來，收好了三腳架和手機，繼續收拾行李。

※　※　※

二〇二二年七月一日上午十一時，芯慧踏上了香港飛往高雄的航機。

二〇二二年七月一日上午十一時，碧深步進了高雄飛往香港的航機。

在航機上關上電話之前，碧深收到一貓二貓三貓傳來的訊息，那是一張相片。

相片中一貓二貓三貓，一前二後地走出深水埗裕豐樓十二樓A室天台的鐵欄柵，身後的景色是香港殘照的夕陽。